2016
中国年度作品
诗 歌

中国当代文学研究会诗歌委员会 选编

林莽 主编

中国出版集团
现代出版社

图书在版编目（CIP）数据

2016中国年度作品．诗歌 / 林莽主编；中国当代文学研究会诗歌委员会选编．
—北京：现代出版社，2017.1
　ISBN 978-7-5143-5575-8

Ⅰ．①2…　Ⅱ．①林…　②中…　Ⅲ．①诗集—中国—当代
Ⅳ．①I217.1
　中国版本图书馆CIP数据核字（2016）第315194号

2016中国年度作品．诗歌

主　　编：林　莽
选　　编：中国当代文学研究会诗歌委员会
策划编辑：庞俭克
责任编辑：曾雪梅
出版发行：现代出版社
通讯地址：北京市安定门外安华里504号
邮政编码：100011
电　　话：010-64267325　64245264（传真）
网　　址：www.1980xd.com
电子邮箱：xiandai@vip.sina.com
印　　刷：北京美图印务有限公司

开　　本：710mm×1000mm　1/16　　印　　张：15.5
版　　次：2017年1月第1版　　　　　印　　次：2017年1月第1次印刷
书　　号：ISBN 978-7-5143-5575-8
定　　价：33.80元

目 录

当时间忘记了时间

小 西

就这样吧
秋风又陡峭了许多
一个穿薄衣衫的女子
从一片柿林中穿过
她没有仰望，那些转瞬即红的果实
和愈来愈空的蓝天。
就这样吧
再送终须一别。
栾树摘下头顶的黄花
往事被碾碎在细小的蕊里
如果夏雨记住了眼中的一道闪电
白霜何必亮出怀里怒放的野菊
还好，我只剩半片雪花
它在归来的路上。
就这样吧
当海水淹没了海水，时间忘记了时间。

（原载《青岛文学》2016 年第 7 期）

春 闺 梦

小 西

每天，我都要从闹市中
穿过这条街

每天，都能遇见一个白布衣裤的老人
微闭双眼，坐在梧桐树下
灰旧收录机只播放戏曲
昨日是《锁麟囊》
今天是《春闺梦》
时而战鼓惊天，时而香闺幽怨

每到此处我就会入迷，慢下脚步
仿佛有人为我轻描蛾眉，穿上青衣——
我微微低头，掷碎步
出厢房，过长廊，立在亭台
水袖一甩再甩，咿咿呀呀地唱：
去时陌上花如锦，今日楼头柳又青

我一遍遍地唱别人的戏
忘记了自己

（原载《人民文学》2016年第2期）

秋日之美

小　西

至此，美就是理由。
我有绚烂的眼神，如果恰巧遇见
一泓碧水。
手一伸，指尖就触及了睡莲的颤抖。
请登高望远。甚至再远一点
丛林，黄叶，雀鸟，开过和未开的花朵
时刻包围着我，这旷大寂静的美啊！

令我难以转身。只能向前奔去
一路上，我不断地抛弃旧的自己。
仿佛这世上没有我
仿佛这世上只有我

（原载《青岛文学》2016 年第 7 期）

哦，十月

小 西

弯腰的祖母是迷人的
她把六个泥罐按大小摆到墙根
并用雏菊填满它们。

雨水是迷人的
让一面石墙布满了青苔
灰鸽子落在屋檐上。

秋风也是迷人的
每上一个台阶，柿子树就摇晃不止
趴在树下的孩子，正用粉笔涂抹一场大雪。

（原载《文学港》2016 年第 6 期）

深色天空

王 琪

此后，你就嵌入我一段长久的记忆

以自身无可替代的湛蓝
草木带来葱绿
臂腕里，有风声暗涌
洁白的云层，转身就成了隔山隔水的思念

我看到的果实，没有风吹也能落下
安然地生活在心尖沉睡
而一束光，就要破开黎明
自一场旧梦里喷薄而出
它速度缓慢，将早起的身影
散落在田间和密林

我应该和一只豹子相遇
和草鹿为伍
在浩大的时日里，像那穿过河滩的蝙蝠
离弯曲的岁月近一些
离荒凉中的焦灼远一些

那一直沉默的山花
幽闭了晦暗，呈露出一路的斑斓
告诉异乡人，请止住悲喜
热烈的言辞即使枯黄，成为一截朽木
也不会丢弃云翳
闪亮在卢氏，我停留的每一个日子

（原载《诗歌月刊》2016 年 8 月号）

如果时光留不住

王 琪

再往前，就是人间十月
风吹打着面颊，不清不白
鸟雀从秋天的缝隙间跳跃而出
挂着冷月的柏树上
几颗寒星发出隐忍的光，迟迟不去

那一年，青山收留了岑寂
独临断水的人在河坝上抽泣不语
当荒凉自八方升起
枯萎中的花朵，从来不为
心底熄灭的灯盏暗自哀伤
一个时代的终结，像群兽露出惊厥，河水趋于平缓

不过是遭遇了昨夜的一场暴风雨
内心如此不完整
北平原迎来一年一度的霜降
烟火熏染着这个傍晚
灰烬里升起的孤魂，从声声呼唤里夺路而逃

故土与山河仍在
住在怀念里，如果不能后退，不能挽留住什么
不如抱着亲爱之人
恸哭一场

（原载《重庆文学》2016 年第 6 期）

长 亭

王 琪

不能再瘦下去了
古道上的那抹斜阳
就要离去的伊人，也莫要再执手相看泪眼
去吧，三千里烟波
痛饮浊酒一杯，前途已无知己相逢
归雁孤鸣之处
时间的痕迹，起伏在芳草之间

这些年，歌在哪里响起，又消失都不重要
生活寂寥
我失去荣耀的颜面
一束从镜子折返回来的逆光能刺痛皮肤
霜林多苍莽
你一腔愁肠，进入别后的睡眠
请原谅我，凋零的事物
需要趋于清脆的鸟鸣重新焕发

（原载《诗歌月刊》2016 年第 8 期）

落叶千里

王海云

这个夜晚，没有什么比孤独更安静
乡愁像一只酒杯，这些年一直盛满了月光

你走后的春天，桃花开得有些慌乱
一封泣不成声的家书，踉踉跄跄跌倒了几回

如果爱可以用泪水弹奏
幸福就能在心中堆成一座温暖的山峰

银帛万两只是浮云一缕
纵然落叶千里也要飘回故乡

（原载《诗探索》2016 年第 1 辑）

错　觉

王海云

在黑暗没有打开之前
我们所做的一切都是徒劳的

雪花怎么会在冬天迷路呢
一朵枯萎的桃花珍藏了整个春天

一列空无一人的火车突然停下来
从山顶下来的人一定还会返回山顶

现在，你端坐在一条断流的河边
如同一粒玉米，遗落在秋后的大地

（原载《诗探索》2016 年第 1 辑）

生活可以这样说

王海云

一弯没有拉紧的月色
几件含情脉脉的衣服
紧紧咬住又轻轻松开的火焰

这个夜晚最缠绵的春天
我们在温柔的草地里拥抱，打滚
脱光所有的羞涩

我安静潮湿的女人，矜持，柔软，
她有着大海般的情欲，深蓝色的睡眠
一边接纳生活的风暴
一边安放男人的疲倦

（原载《诗探索》2016年第1辑）

我不是一个干净的人

王海云

我知道，我的一生
都将与泥土相依为命
可我却一直在试图逃离它们
我曾为这个世界，写下许多干净的诗歌
可时光告诉我，濯洗过的心灵也会蒙尘

我不是一个干净的人
一直对生活小心翼翼，满怀虔诚和感恩
我需要用一生的时间来说服黑夜的轻和薄
才能让光明的事物提前到达

许多时候，我整夜整夜地流浪
一天接一天地放纵自己，疏远生活
我挥霍着愈来愈暗的春光
像秋蝉一样一层一层被时间剥蚀

其实我一生都在岁月的边缘守望或等待
有许多痛，我一直未曾喊出
有许多恨，我一直放在心里
有许多黑，我从来都不敢靠近

（原载《诗探索》2016 年第 1 辑）

灯泡厂的流水线

木 叶

那一年的夏天，我是年轻的劳动监察官员，来到县灯泡厂，
丝丝的青焰，灼烤着工作台，

玻璃在高温中融化，被吹出脆薄的形状，
多少年来，我都无从冷却蒸腾于其中的辛劳与贫寒，

一如我无法忘记殷勤而谄媚的灯泡厂厂长。我虚张声势地
和他简单聊了几句有关《劳动法》的贯彻，

是的，那时法律尚年轻，我也年轻，正如
工作台边高温灼烤下的额头满是汗珠的乡下姑娘们也很年轻。

简陋的流水线上一只只嫩生而胆怯的小手，
转眼之间，必然已经枯萎；我也开始怀旧，

灯泡厂已经搬迁，我曾经喧哗的青春正在努力学习温柔，
城市里的灯光，看起来多么安静。

（原载《作家天地》2016 年第 8 期）

胡笳十八拍

木　叶

缓慢地走过去，我想向他请教，
一些关于灵魂的疑问。那个成功自杀的男人，人们叫他明思宗。

永定河边的电线杆，排空而来，
新建的的楼房，笨拙地贴着黄昏，侵入皇城的柳色。

我来自数千里外的江淮。无法停下来的高铁，在疾驰，
它如果竖立起来，一把跨过铁轨，我会看到什么样的骇人疯癫？

"南北俱大荒，野无青草，白骨青磷"，饥民多从"闯王"。

旧日的宫廷已经向民间开放，当代史蜂拥而入，
填塞在每一个角落，宫女与嫔妃从此无处安身，"朕死……勿伤百姓一
人"。

乌鸦在使劲地叫唤。它究竟能够知道些什么？当夕阳，
被一次又一次地拍死在高不可攀的宫檐上，

我看到了皇宫尽头的御花园在公元 1644 年的短暂荒芜，以及
那个被瘟疫、乱民和勤勉的政治共同做掉的的朝代的全貌。

（原载《诗刊》2016 年 2 月号下半月刊）

存在之诗

木 叶

简单说来，这世上最好看的，莫过于人；抒情的，
当然也是人。这不是我的发现，你看高冈连绵，江水奔流，

蓝天与万物空白晤谈。

一人指认说，那是风景。一人营造风景。只需要一个动词，
我就可以击败另一人的陈腐，把他所赞叹的风景拆解，

可那究竟有什么意义呢？或者说，当存在转过身、弯下腰，
被抽取，被注水，依然是存在，无从增益与减损，

无论你扑倒在多少形容词与名词的身上。一只喜鹊掠过松枝，
扑棱棱飞到另外一根松枝上，站立；眼尖的人连忙感叹，

喜事，喜事，你看……这是在灵光寺，
一群人在一起，我在其中，无意识地度过的瞬间：看，抒情，喝茶，

就这样，我们的声音，不知不觉推远了这个下午。

（原载《诗刊》2016年2月号下半月刊）

此　乡

尤克利

此乡，让我记住了人世间的甘苦
记住了熟人
熟悉的声音、脚步、背影还有眼神
此乡，听到了好多因果相报的故事
看到许多禽兽，漂亮的羽毛与丑陋的脑袋
人一样的眼睛闪着光泽

此乡，吃下了几车粮食和蔬菜
习成了几样好手艺，置办了几顿美味佳肴
几杯浊酒下肚
读了几篇好文章，写了几首酸溜溜的诗
匆匆就过去了几十年

此乡，看过了好多如画风景
磨坏了无数双鞋，穿旧了无数件衣服
此乡，从小就恋家，恋亲人，恋田亩
只用一个村庄做寄信地址
用一个名字结绳记事
一心一意敬酒，一爱就是一生！

此乡，我在这里
命运的偶然让人忍不住歌唱

我就是一个喝醉的老人
沉迷着摇晃身子的感觉，走过村街

（原载《山东文学》2016年4月上半月刊）

问 苍 茫

尤克利

多年后我将化成草木灰
撒向大海太可惜
不如顺势偎在瓜田李下
看那浆果
肥了少年的肚兜，看那归燕
随南风来
跌跌撞撞飞回去年的房檐

面前的老屋空空
杂草在夏天高过窗棂，谁的眼睛
藏在一颗草籽里
看见回家的人双手扶住门扇
谁的魂魄蹑手蹑脚
搬不动眼前的事物
又不能将往日聚拢

举手投足都是枉然
当陌生的惊喜和熟悉的忧伤
终将一具行将老去的躯壳压垮
当琴弦
被最后的绝唱弄断

那些散去的音符啊，那些音容
何处安家

多年以前青青的草鞘
离人的泪被风抹去清晨又挂在脸上
聚散一回
只有过去的人才能够明白
走散的世界会万劫不复
那时我为少年，眼睛清亮如水
哪知先人眼中的苍茫

（原载《草堂》2016年第3卷）

草本在歌唱

尤克利

没有什么理由，我们要反复颂扬的
还是那个生身的，瑕不掩瑜的
施舍金缕衣的村庄

施舍以单薄的童年、粮食和柴禾
远去的粗糙的流水情节
施舍了青梅和土豆，真实的花烛
灯光里现身的新娘
我曾打算枯萎，又有开花结果的愿望
谁能洞悉世间万物的连理
爱上这短暂流逝的时光
谁就拥有欢乐的行程和草本的力量
只是生身的脐带相连的村庄，无论如何

我要反复为你歌唱

你阻挡洪水的堤坝，岸柳成行

只是秋意渐浓时

我只想稻谷繁茂，良莠齐长

我只想成为你怀抱里的野菊花

忧愁也只在你的天空下忧愁，阳光也

只在你的名分下阳光

（原载《诗选刊》2016 年 1 月号）

尘世那么美深深爱上你

尤克利

淡水鱼在河川，咸水鱼归属大海

人行走在实实在在的江湖

织布秧苗交发出行养育孝敬，诸多的快乐

为死者，为生者

也为活着的自己

想象自己若干年后也会被乡邻们轻轻地抬着

从平原到山丘之间的二华里

我走了整整八十年

而他们竟然只用了三刻钟

此刻，我多想唤醒那个沉睡的人

请他把他的病患转给我，把他的痛不欲生还给我

（原载《山东文学》2016 年第 1 期）

父亲的巴掌

牛庆国

驴走得慢了
就扇驴一巴掌
但只扇屁股
从不扇驴的脸

地埂松了
就扇地埂一巴掌
他不让该生分的地方
稀里糊涂

扇过风
扇过阳光
他甚至把扑进怀里的爱
也扇了一巴掌

有一次　背过了人
父亲扇了自己一个耳光
我至今不知道
因为什么

但我知道父亲的巴掌
总扇不着天上的云
那时　他苦着脸
只扇自己的大腿

我被父亲扇出来好多年了
至今　有些事还不敢告诉父亲
我怕他一巴掌过来
把我的眼镜打到地上

（原载《诗探索》2016 年第 2 辑）

温　暖

牛庆国

感到冷了　就躺在你的身边
几十年了　都是如此
是我把你身体里的温暖
一点点取走
在温暖自己的同时
也去温暖我要温暖的人
而且　我还用你的灯盏
把我的灯盏点亮
像人间的两颗星星
照着星光下行走的亲人

有风的时候　亲人们就伸出双手
小心地呵护住我们的光芒
那年冬天　睡在你的炕上
我们就互相照亮着　说些温暖的话
把屋子的每个角落都暖热了
有时什么也不说
只是呼吸均匀　胸脯起伏
让时光的脚步
在我们的身上翻山越岭

再靠近点　就听见彼此的心跳了
一颗已经苍老　另一颗即将苍老
母亲啊　想到幸福这个词时
我就只想幸福　不想别的

（原载《白银晚报》2016 年 8 月 4 日）

诗　　歌

牛庆国

不能让亲人完成你的诗歌
这是我最近的想法
比如那些年我一直写着父亲
写着写着　父亲就老了　病了
接着写　父亲就走了
母亲也是这样
那些曾走在我诗里的岔里人
也都一个个先后走进了土里
如果土地是一张稿纸
他们都已成为再不能修改的诗句
难道悲悯　也会使亲人感到疼痛
难道卑微　也会被土地珍藏
那天我给母亲去上坟
整整一天都没看到一个人
岔里干净的土地上
草和庄稼一样寂寞
我担心如果再写它们
秋天就会提前赶到

杏儿岔也就会很快老去
我热爱诗歌　但更爱我的亲人
从此　我要在每首诗里
都写下祝福
愿每一棵小草也都好好地活着

（原载《白银晚报》2016 年 8 月 4 日）

对　话

毛　子

父亲去世前，一直抽"三游洞"香烟。
这种牌子的烟草，像他的生命
已经绝迹。

昨天搭顺风车，和卡车司机聊起
我们惊喜都提到这种廉价的、经济的香烟
就像两个陌生人，找到他们
共同熟悉的朋友。

褐色的、细杆的、雪茄一样的"三游洞"香烟
我至今记得它清甜的烟丝
当我第一次从父亲的口袋偷出一支
叼在嘴上，我想我像个男人。

我早已是和父亲一样的男人了
如今，我抽 13 的"利群"和 10 元的"双喜"。
偶尔，我会给父亲递上一支
在清明或除夕，在他的墓碑前

——两个男人之间
唯一的对话方式……

（原载《诗探索》2016年第3辑）

约 伯 记

毛 子

大屠杀早已过去，我依然放不下
犹太人佩戴的黄色小星
它们闪烁弱光，像亚伯透过死
回望兄弟该隐
我也如此回望自己的写作
自从发生那么多事情，我经过的
每一个词，都有焚尸炉、流放地和赎罪日。

可那些党卫军多么的整洁，有教养
生活的一丝不苟
他们爱古典音乐，重视家庭
一点都不像是从行刑队、毒气室里
下班回来。

这就是款待我们的邪恶
它们如今改换门庭，它们也在变异
所以，我对我的汉语说
我们也在经历自己的约伯记
我们也有古老的犹太性……

（原载《诗探索》2016年第3辑）

任 务

毛 子

阅兵台上，桀骜的萨达姆
骄横、亢奋。他叼烟、举帽、鸣枪
睥睨的神色，仿佛世界
不过是他嘴角的一截雪茄
这之后许多日，在一所秘密审判室
同一个萨达姆，却面如死灰，眼神空洞
嗜血的独裁者，我多次诅咒过他死
可面对一个穿长袍的阿拉伯长者，手无缚鸡之力的老人
当他顺从地伸进绞索套
我承认，我有恻隐之心

难道有什么地方出错了吗？同样的感受
也经历在一部纪录片里
——那是负罪的纳粹，在逃匿多年后
被以色列，从秘鲁、阿根廷和更遥远的非洲
追拿归案。但这些屠夫、刽子手、杀人狂
难于和镜头前风烛残年的
耄耋老人画上等号

哦，在屠夫和老人之间
人性究竟有着
怎样的复杂性和黑暗度？
我无法说出。
但我知道，在它们之间
就在那儿，那难于目测的晦暗地带

诗歌有它待于完成的
困难和任务······

（原载《诗探索》2016 年第 3 辑）

来自厨房里的教诲

毛　子

厨房里也有伟大的教导
——那是年迈的母亲在洗碗
她专注、投入。
既不拔高，也不贬损自己日常的辛苦。

写作也是一种洗刷
——在羞耻中洗尽耻辱。

可母亲举起皲裂的双手说：
我无法把自己清洗得清白无辜。

是的，母亲是对的。
是的，厨房是对的。

是的，在耻辱中
把自己清洗得清白无辜
是另外的耻辱。

（原载《芳草》2016 年第 1 期）

母 亲

毛 子

我厌恶肉体的衰老，尽管她是我的母亲
——痴呆、皱褶，昏聩中散发器官的腐朽……
特别是从抽屉里翻出她年轻的照片：
漂亮、照人，有着大街上
任何一个女孩一样的苗条，时髦。
我的厌恶更胜一筹。
我就想起四岁时，她从夜校回来
刚好遇到一支游行的队伍
她毫不犹豫拉着我的手，跳进欢乐的海洋之中。
她兴高采烈，喊着口号，唱了一支又一支歌。
我以为我的母亲会一直那样的年轻，而那支游行的队伍
也永远没有尽头。
但队伍散了，现在只剩下我的母亲和她的衰老。
剩下她的口齿不清和大小便失禁。
剩下她的现在时和我的将来时。
一想起这些，我的厌恶火上浇油。
可又有什么办法呢，我爱我的母亲，
我只能抱怨上帝设计生命时
没有作逆向的思索。

（原载《诗选刊》2016 年 2 月号）

拉　锯

尹　马

两个很旧的老叟，在深冬的屋檐下
拉锯。黄昏，锯齿颠簸
一截疼痛的杉木，发出撕咬中曼妙的呻吟

两个直不起身子的老叟，两个
在粉尘中用一把锯扶住对方身体的
老叟，哼着小曲为一棵树超度

"正月好栽秧，杉木土中藏。"
一直唱到腊月，唱到一棵杉木被肢解了
急促的一生，成为一副棺材的腰木和盖子

"腊月寒风呛，斧头闷声响……"
半弓着腰的老叟，攀着一根模糊的脉线
努力地爬坡、下坎、走弯路

两个看着对方慢慢矮下去的老叟
在拉锯；两个瞎子、聋子、瘸子
在乡村，守着泥土的空壳，在拉锯

两个害怕锯齿突然停下
就相互咒骂的老叟，在深冬的黄昏
推拉着苍茫的暮色，没有人看见

（原载《红豆》2016 年第 7 期）

养　虎

尹　马

我去山之南筑一座小小的寺庙
清晨扫地，日午诵经
傍晚在内心描一只老虎

金黄的、寂寞的老虎
总是步履轻盈，像一个撞钟的和尚
用虎皮搭一架通往黄昏的梯子
冷眼看我老去

我给山下的朋友写信
给做官的兄弟传书
告诉他们我在养虎

我的老虎，在秋风中长大
每天赠我一只狐仙，命我交出哨棒和刀子
我的老虎，在一面镜子里
画我，用狐臭捆绑一个饮酒的情种
让我带上体内的绳索，回人间去
做自己的心腹大患

（原载《青年文学》2016 年第 1 期）

隐 形 的

邓朝晖

每一朵棉花都是隐形的
正如每一片云朵
正如夜路中偶尔闪出的光亮
箱子里藏着陈年的书籍和屈辱
萤火虫会嘲笑你
冷杉树有光洁的额头和深邃的长发
你不是一个人在走
偶尔有嫉妒的翅膀带你飞行
在吉祥的草原上
你的手上有自创的淤伤
青紫的葡萄在身上炸开，流出
孤傲的血液
七月的天空，没有一样事物值得沾沾窃喜
你飞出去的钉子
总有一天会飞回来，钉住你

（原载《青岛文学》2016 年第 3 期）

女 儿 国

邓朝晖

想到山中鸟兽
我有小悲欢
想到湖底深渊

平坦的都是受伤的乳房
再老去十岁也没有用
尖锐一步步来了
它削去你的光滑
软肋板结，骨头受挫
我看不清你睁开眼的样子
绿桫椤一面贴近湖水
一面有国王的慈悲

想到你
山峰巨大
楚地空无

（原载《诗歌风赏》2016 年第 1 卷）

明月松间照

邓朝晖

月亮是灰色的
枕边锦囊里有揉碎的艾叶
像一个自暴自弃的人
屋顶吐出它的舌尖
红色的舌苔上几处溃疡
在晚间
我误以为是残雪

这没有蛙鸣的夜
我不想听鸡犬之声
城郊结合部的玉米林有几分胆怯

流水也作羞涩状

这从头到脚的珠花、耳环、脚串、铃铛

从桥头到桥尾的灯笼、飞檐、明瓦

不过是虚饰的羽毛云

你当它是翅膀它就是你

白色的影子

而月光是不骗人的

它一小步一小步

慢慢地移动

唯恐漏下哪一片屋顶

哪一个

睡在自己密林里的人

（原载《青岛文学》2016 年第 3 期）

薄　暮

玉上烟

流水已缓，但依然具有统治力

夕光在水面一一铺排开来

美而虚无

自东向西，几条运沙船

仍在逆势嗒嗒行驶

退潮后，河岸一侧的滩涂上

露出大面积黑色的石头

几百年了，多少翻滚而来的洪水

也不曾撼动它们半步

就像我，多少年华过去

今生仍稳稳地耽于此地
我把折来的一朵紫薇
轻轻放到江水里。看着它
随波逐流，渐渐消失
我想它会替我拜谒大海
这一生，有多少人事
近在咫尺，也两不相见
我久久地凝视江水
运沙船。照明灯
隐现的波纹。摇摇晃晃的芦苇
暮色还薄
明月尚未临幸江面
在我头顶
只有一只伶仃的苍鹭
拖着怆然的白羽
间或掠过昏黄的水面，又突然飞返

（原载《绿风》2016 年第 1 期）

大海一再后退

玉上烟

天愈发寒冷。太阳似乎
也收敛了光芒。深蓝色的外套已经褪色
我仍然喜欢。这符合我陈旧的审美观
就像那片大海，这么多年
尽管屈从惯性的撤退，我还是获得了一座岛屿的重量
和缓慢到来的光滑。那片年轻的海
潮涌过，咆哮过，欢腾过，虚张声势过

曾经的坚持如同宗教
生活终归被一些小念头弄坏了。泡沫后
万物归于沉寂。并被定义为
荒谬的，倾斜的，不确定的，有限的
人至中年，我爱上了这种结局
有谁知道呢，言辞中多出的虚无的大海
让我拥有永久的空旷

（原载《诗选刊》2016年1月号）

橙　子

玉上烟

仿佛要强加给我一个真理
他让我闻闻他带来的橙子
说它来自他的故园
说其有甜美的香气
闻着它，就能想起很多往事
我捏着橙子：
里面确有我们需要的内容
而表皮并没有什么气味
难道是他说了谎？
昏暗的灯光下
橙子闪着暗淡的光泽
像夜里一只冰凉的乳房
更像一个金黄的、可疑的念头
谁没有家乡？我有些恍惚
我想起了那里的苹果
这时候，辽东半岛该有大雪

它们会被堆放在地窖里

幸福地挨挤在一起的，还有

大白菜和绿皮萝卜

以及我爱极了的土豆

而橙子，而橙子是新欢

甜蜜而酸涩的新欢

现在它是我的，无论它来自哪个枝头

当我剥开果皮，哦

细嫩多汁的橙子，流泪的橙子

性感的橙子

竭力用它的甜安抚我

（原载《诗刊》2016 年 5 月号下半月刊）

在 路 上

北 野

盲人不仇恨黑夜，驴子不抱怨旷野

怀揣着宝石走在路上的人，像流浪者

深藏一轮明月；而我两手空空

是心有所属之人，我的心为春风吹拂

为秋风落叶；为远方的惆怅疼痛得心潮明灭

而我又总是心系命运和悬念，又总是

被一双手抓住：一边安慰，一边劫掠

我像盲人一样无望，像驴子一样蹦跳

像水中的月亮一样迷惑不解

一个走在路上的人，一个身背悬崖的人

要到哪一座山冈才能放下自己？停歇脚步

或者沉默，沉默到需要被另一个人摇醒

而我自己仍记着前世的伤痕和落叶？

（原载《诗选刊》2016 年 2 月号）

无人之处

北　野

我今天翻过的山和梦里那些山不同
我今天的快乐无人分享，我必须
对着它痛哭一场；我的痛哭
不是普通的痛哭，是涕泪横流的
那种哀嚎。我必须哭得撕心裂肺，丑态百出
有如丧考妣之痛，有无人理会的委屈
还有很少的仇恨，有绝望的疼痛和恐怖
还有一些生活的感动；有不能与人诉说的隐秘
还有一些寂寞的冷酷。我知道
痛哭是一个男人的软弱和耻辱
但今天我终于原谅了自己，我在无人之处
痛哭一场，我哭得像个失败的英雄
伤心的野兽。其实我今天的快乐和幸福
是巨大的。而其中的痛苦根本不值一提
而现在我只是需要，需要在无人之处
大哭一场，我才能减少些生命的羞愧
才能理直气壮地走出自己快乐的阴影

（原载《诗选刊》2016 年 2 月号）

看那乌云落在房顶上

北　野

看那乌云落在房顶上
盖住了蜗牛绕开了铁钉
含辛茹苦的草原母亲举着小蘑菇怀抱
干牛粪，在把那生活的温暖找寻

马耳朵就是草原尖利的栅栏门
马尾巴就是草原低垂的挽幛
自由吹刮的风啊吹过草尖和坟地
吹过一辈子还是一场空！

天鹅年年从敖包上飞过
转上三圈吧！
牛羊年年死去一大片
快快转世吧！

放羊的青年夹在羊群里取暖
风尘仆仆的牧羊犬一前一后照应着
山羊绵羊白羊和黑羊
掌管着命运给定的方向！

而河流在石头间翻滚
铁石心肠的光阴之箭把万物洞穿
冰雹砸向天鹅起落的湖面
快快飞呀，大雪就要埋葬巴音布鲁克草原！

（原载《山东文学》2016 年 1 月下半月刊）

窗外有一颗星星

北　野

窗外有一颗星星，就一颗，那么渺茫
向我闪烁它遥远的光

我的肉眼透过这人类的夜空把你仰望
你可否看见我心中的哀伤？

我是一个可怜的地球物种
得了猪流感，发着高烧，而内心寒凉

今夜我独坐海边雾气沉沉的窗前准备忏悔
一抬头看见你，荒凉寺庙里火苗微弱的银灯一盏！

谁是你虔诚的守望者啊！
谁用那古老的添油的手，年复一年拨亮你孜孜不倦的光焰！

宝贵的光明啊，柏枝和香草已弃我而去
我只能献上自己这颗破碎的、膏脂的心，为你助燃！

但愿孩子们，未来的人类的后代们还有仰望星星的机会
但愿他们在星光下闻到了，我的灵魂的气息

（原载《山东文学》2016年1月下半月刊）

告　别

代　薇

我们缺少一个正式的告别
落日缺一个山谷
悬钟缺一击撞槌
楼梯缺一级台阶
药片缺一杯温水
别字，缺另一把刀

弯腰拾白纸
发现是日光
时间空无一人

（原载《读诗》2016 年第 3 期）

冬　至

代　薇

最漫长的告别
无非一生相聚，
最紧的拥抱，
无非明知天亮就要分离

"你的心打开，像装满刀子的抽屉……"
冬天，不会比今天更加黑暗

多少时光泯灭
多少坏人风生水起
那些家国情怀，苍凉心事
草木如灰
而雨水漫长，好人短暂

（原载《读诗》2016年第3期）

我还是说出了……

代　薇

我还是说出了溜冰场，那已空无一人的往昔
多少年之后的傍晚，我没有开灯，在你的照片上踉跄、滑倒
还有一次，影碟机里传出一句对白，我听得那分明是你在说话
西南风掠过地铁站台，像你的手臂掠过我的肩膀
一天深夜，走过街角，听见身后有蹑手蹑足的跟随
我停住，等脚步声靠近，感到一阵熟悉的呼吸触动我脑后的发丝
一回头，你的脸在飞旋的落叶间迅速散尽
我张开手指，触到你留在风中飞扬的衣襟

（原载《读诗》2016年第3期）

标　记

代　薇

不在这里与你们汇合
今天我依然不把爱说出口

我爱上生活中的一切事物
然而是以决裂
而不是以同流
是以审视
而不是以颂扬去爱的
我假装无情
其实是痛恨自己深情

我要你们将来在任何想起我的时候
痛心疾首

（原载《读诗》2016 年第 3 期）

见你如初见

宁延达

城市里二十层的月光是从童年山坡上溜出来的
我认出它是因我时常从记忆中搜寻它

我忘不掉你是因为我爱你
就像我爱的月光　相隔这么多年还是一下子就能认出它

但那不代表我真的爱你
我爱的其实是我爱你的那一刻

我们都已习惯于彼此越来越陌生
直至走入陌路
所以我爱的已经不是你
只能是曾经的你

如果你回到那一刻　我会重新爱上那一刻

所以你恨的已经不是我
只能是曾经的我
就怕我再也等不到那一刻
就怕你再也不愿回到那一刻

此时的月光清冷而干净
穿白裙子　头发很长
它来二十楼看我
幸福在心头涌动

如果此时你来见我
得穿白裙子　长发飘扬
我们抹平所有过往
见你将如初见
开始将如开始

（原载《诗探索》2016 年第 3 辑）

秋天的树林

宁延达

满地金黄落叶从谁的书中滑落
我独捡起被虫嗑过的一片
伤痕往事　历历在目
阳光穿过翻卷的西风
丝丝甜美丝丝苦涩
渗进身体冰凉的角落

脚下叶子在跑　像惊慌的鱼群
空气湛蓝　却巍然不动
如同大海　任凭浪涛翻涌

明晃晃的树林中跑过两个女孩
一个鹅黄一个湛蓝
她们给这个深秋的午后嗑出两个虫洞
而我把她们夹在书里

这个秋天
我用浓过五倍的颜色涂抹
依然盖不住体内的荒芜
记忆像六十二度的白酒
那股辛辣滚过喉咙　点燃心脏
又从眼里翻滚出来

（原载《诗探索》2016 年第 3 辑）

与张居正相约万历七年

宁延达

一场更大的黑将在十年后到来
而五百年后的我　和你在史书中
谈你所预见的一切
会谈中我用悲哀衡量你
披荆斩棘　从来义无反顾
而留下的身后事一塌糊涂

你那句君子处其实　不处其华
在身后都无所谓了　作为朋友
至少我能使你既处其实亦得其华
我们虚构你　重组你
赋予你美好的　超凡的　种种可能

来 2016 走一趟你就理解了
别怪我把你当作激励兄友的道具
无数张居正　正走着与你相同的路
做着与你相同的事
就连楼宇间窜飞的麻雀　也依然是
万历七年的麻雀
它们在重重雾霾间坚守着家
在栖栖遑遑的心情下吞吃着喷了农药的草籽
和身中剧毒的毛毛虫
它们对生活的孤注一掷
多么令人心酸

进入过去抑或进入未来都不好受
喝杯酒吧　敬你允许借你之名
至少万历七年的天空还干净
如果你这个宰辅心胸够宽
我就请你签押　把这片透亮的大
抵押给诗人的当铺

（原载《诗探索》2016 年第 3 辑）

蓝

冯　娜

去见你　我绝不可能穿宝蓝色的睡衣
海愤怒时候的蓝　周身沾满情欲的蓝
沉默得可以泡在泪水里腌制的蓝

去见你　我穿戴一新
别针还泛着银光
我的口袋里什么都没有　除了可以贩卖的
灵魂里不纯粹的那一半

喔　我忘了告诉你　我的眼睛里还是含着蓝
隐形眼镜的蓝　童话念到一半的蓝
我望着你　突然不敢伸手捉住你的蓝

（原载《星星》诗刊 2016 年 1 月号上旬刊）

美丽的事

冯　娜

积雪不化的街口，焰火在身后绽开
一只蜂鸟忙于对春天授粉
葡萄被采摘、酝酿，有一杯漂洋过海
有几滴泼溅在胡桃木的吉他上
星辰与无数劳作者结伴
啊，不，赤道的国度并不急于歌颂太阳

年轻人只身穿越森林
雨水下在需要它的地方

一个口齿不清的孩子将小手伸向我——
有生之年，她一定不会再次认出我
但我曾是被她选中的人

（原载《诗探索》2016年第4辑）

尖　叫

冯　娜

这个夏天，我又认识了一些植物
有些名字清凉胜雪
有些揉在手指上，血一样腥
需要费力砸开果壳的
其实心比我还软

植物在雨中也是安静的
我们，早已经失去了无言的自信
而这世上，几乎所有叶子都含着苦味
我又如何分辨哪一种更轻微

在路上，我又遇到了更多的植物
烈日下开花
这使我犹豫着
要不要替它们尖叫

（原载《诗探索》2016年第4辑）

夜晚散步

冯 娜

我喜欢和你在夜里散步
——你是谁并不重要
走在哪条街上也不重要
也许是温州街、罗斯福路
也有可能是还来不及命名的小道
我喜欢你说点什么
说了什么并不重要
我能听见一些花卉、异国的旅行
共同熟识的人……
相互隐没,互成背景

我喜欢那些沉默的间隙
仿佛我并不存在,我是谁并不重要
你从侧面看过去,风并未吹散我的头发
它对我没有留恋
风从昨天晚上绕过来
陷在从前我的一句诗里:
"天擦黑的时候,我感到大海是一剂吗啡"

我喜欢那些无来由的譬喻
像是我们离开时,忘掉了一点什么

(原载《山东文学》2016 年 3 月上半月刊)

雪的意志

冯　娜

二十多年前，失足落崖被一棵树挡住
婴孩的脑壳，一颗容易磕碎的鸡蛋
被外婆搂在心口捂着
七年前，飞机猛烈下坠
还没有飞离家乡的黄昏，山巅清晰
机舱幽闭，孩子们痛哭失声
这一年，我将第一部诗集取名为《云上的夜晚》

五年前，被困在珠穆朗玛峰下行的山上
迷人的雪阵，单薄的经幡
我像一只正在褪毛的老虎，不断抖去积雪
风向不定　雪的意志更加坚定
一个抽烟的男人打不着火，他问我
你们藏人相信命吗？

我不是藏人，我是一个诗人
我和藏人一样在雪里打滚，在雪里找到上山的路
我相信的命运，经常与我擦肩而过
我不相信的事物从未紧紧拥抱过我

（原载《诗探索》2016年第4辑）

与母亲聊天，还差一厘米就回到了童年

老 铁

下雪了，外面很冷
母亲坐在床沿上
我与她面对，端正坐着
脑海中遴选着话题

与母亲聊天，大约有五十年的
时空距离，我们坐在
房间里，就像坐在一辆
正在倒退的列车上
沿途，基本没闪现她的
标志性记忆

其实，与母亲聊天
往往就差一厘米，就回到了童年
譬如，她每次都会提及
我额头上一厘米的疤痕
但她却想不起这个疤痕的来历了
只是每次在离开时
反复叮嘱：慢慢走，当心摔跤

每次听到这句话
我总有点伤心
但很温暖

（原载《诗探索》2016 年第 3 辑）

如果说爱

老　铁

如果说爱，我还爱柴王弄
耿直不弯曲，细细窄窄
是我童年的入口和出口
如有可能，我还想
再爱一次弄中的那个兵营
顺便重温一下
我捧着母亲浣洗的衣服
走进兵营的童年
那个像缝衣针，牵引着
母亲目光的孩提形象

如果再具体一点
我就爱弄口那根已消失的电杆
爱天上的电线，横七竖八
爱地上的鹅卵石
花草和树木，以及飞来飞去的
五十年代的鸟雀
爱那些石库门的
神秘和缄默
爱柴王弄唯一的一座小石桥
桥上苔藓桥下水
水中清晰可见的鱼虾

我的爱杂乱无章，很漫长
从一粒尘埃到一块石头

从 1958 年到 2011 年
如今，柴王弄的大部分已被
爱成了记忆
我准备继续爱下去，始终不渝
爱一些实实在在的东西
包括糊涂楼、聪明弄
还有从半个世纪前匆匆赶来的
那朵故乡云

（原载《星星》2016 年 1 月号上旬刊）

母亲，快把门关好

老 铁

母亲，我走了，你快把门关好
因为天要黑了
今晚，没有月光，也没有星星
如果你寂寞了
就想想我的童年

母亲，我走了
你快把门关好
天又要下雪了，天气预报说
今天长江以南中到大雪
如果你冷了
就想想，这座城市都在冷

母亲
我走了，你快把门关好

再过两天就是春节了
大年三十晚上，我们会来看你

母亲，你一定要
记住敲门声
敲三下是弟弟，四下是妹妹
敲二下是我

（原载《诗探索》2016年第3辑）

简单的幸福

老　铁

就这样，一动不动
坐在轮椅上的父亲
目光在游弋，不经意挽起
窗外景色，又轻轻放下
起落之间，春暖了，花开了
天色明抑或暗了

父亲，这种状态很好
不会夹带许多杂念
如果感觉单调，就在记忆中
把自己走过的路，再走一遍
无论走到哪里，一定要
记得回来的路

在路上，渐渐学会遗忘自己
先依次忘掉苍老、不安、烦恼和恐惧

再果断忘掉四肢
要努力简化自己
不要奢望用任何词语形容生活

如果今夜没有梦，没有呓语
没有疲于奔命的颠波
幸福就会意外发芽
明晨，你不需要知道
风从哪里来，天是否会晴
只要窗外一声鸟鸣，就够了

（原载《诗探索》2016年第3辑）

有那么一个人

西　娃

我独坐在清晨
把一首写坏的诗歌
改得更坏

她也是

我在夜半
翻看日记
为曾经那么爱一个男人
深感不解
我对自己说抱歉

她也是

我抱出不穿的衣服
试一件扔一件
抱怨穿着这些衣服那些时日
没有一刻可供回忆

她也是

我不知道她是谁
存在于哪里
但我知道有那么一个人
在相同的时段，与我做着
一模一样的事情
带着相同的心境

（原载《读诗》2016 年第 3 期）

这多么像一个下跪的姿势

西　娃

你拄着拐杖出现
看到我的那　刻
你又哭了
妈妈
你明明知道
这是许多年来
我害怕回家的原因
而你见到我
只会哭，只有哭

小时候父亲有外遇
你对着我哭
弟弟坐监狱
你对着我哭
侄儿逃学
你对着我哭
没有任何事情发生
你也对着我哭
你什么话也不说

我也什么话都不说
只给你递纸巾
再给你递纸巾
还给你递纸巾

这一次
你见着我
两只手一起抹眼泪
拐杖倒在一边
我及时趴在地上
充当了它
这多么像一个下跪的姿势

（原载《诗刊》2016 年 5 月号上半月刊）

熬 镜 子

西 娃

我正在照镜子

锅里熬的老鸭汤
翻滚了
我没来得及放下手中的
镜子

它掉进了锅里

这面镜子
是外婆的母亲
临死前传给外婆的
外婆在镜子里熬了一生
传给了母亲
在母亲不想再照镜子的那一年
作为家里最古老的遗物
传给了我

这面镜子里
藏着三个女人隐晦的一生
我的小半生

镜子在汤锅里熬着

浓雾弥漫的蒸气里
外婆的母亲从滚汤里逃出去了
外婆从滚汤里逃出去了
母亲从滚汤里逃出去了
只有我在滚汤的里外
用手紧紧捂住自己的嘴

（原载《读诗》2016 年第 3 期）

两 只 羊

向 迅

若不是它们的叫声
与它们的颜色一样洁白
我一定不会发现它们

若不是它们的颜色
与它们的内心一样洁白
我一定不会记住它们

若不是它们的内心
与我的童年一样空旷
我一定不会像这个黄昏一样
不停地举头回望

它们被主人遗弃在荒野
一整天的时间
它们都在咀嚼像秋天一样蔓延的孤独

只有我和母亲从那条荒芜的
小路上经过时
它们才从青草间抬起神一样的脸

那样干净
那样善良
那样慈悲

与我在长沙看见的那些
被拴在某条马路边
无望哭泣的羊没有关联
与地上发暗的血迹没有关联

它们洁白的叫声
在这样一个可有可无的黄昏
叫醒了一个沉睡多年的少年

而更多的黄昏
也被叫醒了

（原载《飞天》2016 年第 8 期）

那些一晃而过的墓碑

向　迅

在飞逝而过的山川里
它们总是会留下闪电般的身影
我无法回避
就像我在黑夜走路时
无法回避月亮的阴影

很多时候，它们比地平线上的村庄
还要扎眼，比田野里移动的
几点人影还要明亮
比低头沉思的马匹和羊群
还要宁静

每次看见它们，我总会情不自禁地
把头扭向更远的地方——
那里的河流一声不响
闪烁着理想的光芒
那里的群山苍茫如烟
仿佛远离人间

而那些尘土飞扬的道路啊
总叫我想起许许多多人
落魄而潦草的一生
他们在生前不吭一声
百年之后依然一声不吭
像是山间的一块石头

我时而走神——
那些一晃而过的墓碑
是不是一些人干净的骨头
在春风中长出了大地？

夜晚，它们会发出微白的光
仿佛一扇扇隐匿的窗户
而下雨天，它们也会默默垂泪

（原载《飞天》2016 年第 8 期）

雾中读卡夫卡

朵 渔

整个冬季，浓雾像一只安静的笼子

扣在我头上，太阳脆弱如树上的霜
每一桩悲剧都自动带来它的哀悼装置
毋庸我多言，我只需交出嘴巴
仍有一些冰闪烁在黏稠的空气里，像密伦娜的信
轻快的鸟儿如黑衣的邮递员在电线上骑行
在确认了轻微的屈辱后，我再次交出耳朵
郊区逐渐黯淡下来，地下像埋藏着一个巨大的
矿区在隆隆作响，我合上书，交上眼睛
并成功地说服自己，独自营造着一个困境
而现在，一只甲虫要求我对困境作出解释
就像一首诗在向我恳求着一个结尾
现在，我唯一的困境，就是找不到
一个确切的困境。

（原载《读诗》2016年第4期）

轨　道

朵　渔

窗外下着雨，人行道上的女孩
头发湿漉漉的，不时侧过身来
在男孩的脸颊上轻轻吻一下
男孩背着包，双臂环抱，伸手
在女孩的屁股上捏一把
隔着玻璃的哈气，看不清外面
但有一种青春的快意洋溢其间
还有某种似曾相识的失落的残余
一些美好的东西并不一定拥有
一些美好的人也只是短暂相遇

唯有自身的罪过会跟随一生
自身的罪，以及一些难言的隐衷
隐秘如房间里不绝如缕的钟表声
嘀嗒，嘀嗒，嘀嗒，像一列火车
静静地数着轨道上的枕木。

（原载《读诗》2016年第4期）

最后的黑暗

朵　渔

走了这么久
我们是该坐在黑暗里
好好谈谈了
那亮着灯光的地方
就是神的村落，但要抵达那里
还要穿过一片林地
你愿意跟我一起
穿过这最后的黑暗吗？
仅仅愿意
还不够，因为时代的野猪林里
布满了猎手和暗哨
你要时刻准备着
把我的尸体运出去
光明爱上灯
火星爱上死灰
只有伟大的爱情
才会爱上灾难。

（原载《泰山诗人》2016年第3期）

父 与 子

朵 渔

我还没准备好去做一个十七岁男孩的父亲
就像我不知如何做一个七十岁父亲的儿子

十个父亲站在我人生的十个路口，只有一个父亲
曾给过我必要的指引
而一个儿子站在他人生的第一个路口时，我却
变得比他还没有信心

当我叫一个男人父亲时我觉得他就是整个星空
当一个男孩叫我父亲时那是我头上突生的白发

作为儿子的父亲我希望他在我的衰朽中茁壮
作为父亲的儿子我希望他在我的茁壮中不朽

我听到儿子喊我一声父亲我必须尽快答应下来
我听到父亲喊我一声儿子我内心突然一个激灵

一个人该拿他的儿子怎么办呢，当他在一面镜子中成为父亲
一个人该拿他的父亲怎么办呢，当他在一张床上重新变成儿子

我突然觉得他们俩是一伙的， 目的就是对我前后夹击
我当然希望我们是三位一体，以对付这垂死的人间伦理。

（原载《读诗》2016年第4期）

半 个 我

龙 泉

老师说我，上课不够用心
前一段还可以，后一段只有半个我在听
领导指出，如果你工作能 100% 投入
你的人生将比现在精彩几倍
妻子说，你每天早出晚归
有时几天不回。是不是也在提醒
只有半个我在跟她一起生活
这半个我，让我胆寒心惊
那幽灵一样飘荡的另一半
在哪里？是不是一直附在我的体内
跟你在一起，一直盯着你看的那个人
和你说话，一起走在阳光下的那个人
与你肌肤相亲灵魂相吻的那个人
是不是也只是半个我？半个我
神出鬼没，多么可怕的事实
半个我，多么真切的存在
它游离体外，又深入骨髓
和我一起，一生一世逍遥自在

（原载《诗选刊》2016 年第 7 期）

管管十八岁

龙　泉

十八岁那年
管管即将离开大陆
妈妈看看他
他看看妈妈
（一个黑影斜背着一杆长枪）
过一个海峡，到海南岛
又过一个海峡，到台湾
管管无忧无虑，又无奈
无亲无故，又无依

管管十八岁
在风里癫，在雨里疯
在阳光里笑，在月光下悲
嬉笑怒骂，天马行空
一个跟斗就到妈妈眼前
浅浅的海水敌不过深深的思念
深深的思念敌不过薄薄的岁月
（他告诉过妈妈，过几天就回家）
妈妈看着他，他看不到妈妈
管管十八岁，无牵亦无挂……

管管写诗，诗如管管
管管唱戏，戏如管管
管管画画，画如管管
他的天空里有一架载满野马偏离航线的飞机

他的身体里有一头歪着脑袋奔向原始森林的野驴
他的牛仔衣就是他的化身

管管是神，不是人
管管是人，不是神
他脑袋开花异香扑鼻
他张着大嘴奇妙无比
——管管，多大了？
管管今年八十有一啦。

（原载《诗选刊》2016 年第 7 期）

进　站

龙　泉

挂在墙上的钟
是一个象征
它俯瞰大厅发生的一切
来来往往的人，或从容，或焦躁
或沉默不语，或滔滔不绝
站在这里，你就像站在河边
人流如水流，湍急或舒缓
清澈或浑浊，都在一个拐点转换
不必感慨逝者如斯，人生不易
你所担心的，时间会解决
你所忽视的，神在关注
在平凡的生活中
谁能卷起惊涛骇浪
谁能梳理万般愁绪

墙上的钟，滴答滴答
它提醒你：该进站了

（原载《诗选刊》2016年第7期）

遥远的竹林

刘　年

水舀满后，倒回湖里
再舀，再倒
手可以感觉到，水的欢欣和颤抖

摘猕猴桃的时候
挑小的，丑的，有伤的
好的，留给过冬的猴子和山楂鸟

写一封绝交书，用魏碑
从此，不关心户口、税收和物价
竹子，一生只开一次花

弹《广陵散》，并长啸
啸声带有咳嗽
生活如此静美，痛，来源于大地
拱动的，可能是竹笋，也可能是冤魂

牛车上，装一坛竹叶青
沿那条竹影斑驳的土路走
莫打牛，莫骂牛
它知道，什么速度最适合黄昏

莫抢酒杯
小心划伤你的手
酒坛后面，有一把锄头
——死，便埋我

（原载《读诗》2016 年第 1 期）

柳 庄

刘 年

喜欢这片麦田
小腹一样，微微隆起
要是我的，就不回北京了
太宽——得多大的仓啊
分三份吧，一份给海子，一份给梵高
小的归我，还是太宽
再分一半给稻草人
那是个女稻草人
戴着橘红的编织帽
面对着夕阳
背对着我

（原载《读诗》2016 年第 1 期）

羚羊走过的山冈

刘　年

这里的农民都是花匠
种着大片大片的荞麦花、油菜花、洋芋花、蚕豆花
这里的寺庙，对着村庄

在这里，我空腹喝了两大杯青稞酒
倒在金黄的苏鲁梅朵中
上一次，离天这么近，还是在父亲的肩上

在这里，鹰，依然掌管着天空

（原载《诗刊》2016年10月号下半月刊）

西溪村的黄昏

刘　年

胭脂花准时开了
七只白鹅，从河里上采，整齐地向杨家走去
板栗树下，老人们各自回家吃饭
26岁的胡三宝还站那里，含着手指，卑怯地微笑着
他的对面，青山含着夕阳

每个美丽的村庄
都有一条小河、一棵老树、一个胡三宝一样的痴人

他们都是大地上的神

（原载《山东文学》2016年2月号上半月刊）

马

刘 年

看戏回来，有七八里田埂
旱田，种着草子花；水田，装满了月光和蛙鸣

骑在父亲肩上，从不担心摔下去
仰头，翻腰
可以用手指做的枪，射麻山上，肥白的月亮

可以，在他肩上睡去
醒来
有时，是清晨；有时，是中午

这一次，是中年

（原载《山东文学》2016年2月上半月刊）

一枚黄叶飞进车窗

刘 春

它在那里躺着，安宁，静谧
像一个平和的老人在藤椅上休息
不想被外界干扰

我仔细地观察它：通体透黄，纹路有力
没有季末的苍凉，莫非
它在到来之前悄悄地进行过修饰？

这个早晨，我在医院门口
等待旧病复查的父亲。不知何时
它乘秋风来，落副驾驶座上

它肯定有过不为人知的过往
肯定稚嫩过，青翠过，和风雨冲突过
它肯定知道自己有离开枝头的一天

就像我们的父亲，曾经倔强、好胜
动不动就和现实较劲
终有一天，变得比落叶还要安详

这样想着，他就来了。坐进车里
一声不响。我看不见他，我的眼睛
塞满了落叶的皱纹

（原载《山花》2016年第3期）

对一棵树的惦念

刘　春

我的前面是一棵树
树的前面，是另一棵树
另一棵树的前面，是更多的树……

他们平躺着，里面有我熟悉的一棵

他们堆得太高，塞满我的眼眶。以至于
我无法看清远方
在这个早晨，我的视野
不比树下午睡的女儿更宽

也许她在想：树上是否站着一只麻雀
树上有没有老鹰盘旋
而我担忧的是丛林里的老虎什么时候出现
什么时候露出獠牙

事实上，我不知道猛兽是否存在
不知道树枝能否稳住一只麻雀
我只是在梦着一场雨，一个季节
枝头上一抹浅浅的绿

我的悲哀在于——
我是树的对立面，无法进入树的思维
而树之外，是起伏的群山
庄重，黝黑，像远去的父亲

他曾让我感动、流泪
在某些夜晚，他模糊的影子给我安慰
让我安静得像个婴儿
虽然，有时候他是那么地多余

是的，这一生我无法超越一棵树
无法抑制对他的惦念，正如
我无法接受那些带着铁钻和炸药的人们

堂而皇之地钻入群山的腹部

（原载《山花》2016年第3期）

同床共眠

刘立云

睡觉的时候他从来不脱内衣
从来都是先把灯扑灭
在黑暗中进入
像个贼

他黑？这是当然的。看得见的地方
像夜晚那么黑，像煤炭那么
黑。看不见的地方
她从未看过，虽然她是有资格看的

就是个农民。蛮野粗黑那种农民
连做那种事也像耕地
下死力气
喉咙里传出咕噜咕噜
牛饮的声音。她感到他是在用骨头硌她
用铁硌她
那么冰凉尖锐，那么硬

那天，他躺在那里还是不脱内衣
这次他是不得不要脱了
这次她帮他
脱

六十年后。终于，她被这个人吓坏了
被他满胸膛丑陋的疤
被他满胸膛丑陋的疤歪歪扭扭
标着的那些地名

比如娄山关，比如大渡河
比如雁门关，比如黄土岭

六十年。她发现在她的床上
睡着一只老虎

（原载《解放军文艺》2016 年第 10 期）

火焰: 391 高地

刘立云

那几天我都在苦苦思索疼与铜
我在想它们是否
互为因果，是否有一条秘密通道彼此抵达
虽然它们音相近而意相远

是的。我在寻找一个人和一座高地
我在触摸这座高地的一堆灰烬
留下的余温
几个关键词是：远东。391。潜伏
盲目坠落的凝固汽油弹。冲天而起的烈焰
燃烧至 1000℃，瞬间让岩石崩溃
和流淌的高温。嘹亮的寂静……

与此相关的那个士兵
在花名册的籍贯栏填着：中国铜梁

我在想，那时他的手该如何深深地插进泥土
他两排雪白的牙齿该咬住
多大的仇恨！而当他听见狂欢的火
用它的身体举办盛宴的火
燃烧他206块或207块骨头时
发出劈劈啪啪的声音
他想过酣畅淋漓地喊一声疼吗？

……就这样，他把他的死，他的
意志，堆在那座高地上
一堆灰烬从此成为我们这片
千疮百孔大地上的
一块补丁

我知道同一时刻，夕阳正照耀
他故乡的那道山梁
远远看上去，像一锭烧红的铜

（选自《解放军文艺》2016年第10期）

星　光

江一郎

小时候，我在乡下，睡不着的夜晚
我会爬上自家屋顶
村野，异常静穆

只有穿林而过的风，留下声响
像留下细长的尾巴

空旷的沙石公路，再无人经过
落日的班车，天黑之前
已经驶回梦中

但路的尽头，有星
诡异地亮着，
那是一群夜行人，只是
这些夜行人啊
走在天边

不知道身后，有个乡村少年
坐在黑暗的屋顶
望着他们
越走越远

（原载《文学港》2016 年第 9 期）

在精神病院

江一郎

他拉着我，神秘兮兮问我
你知道我是精灵，对吗
接着，沮丧地告诉我
他已经丧失隐身和飞翔的能力
因为翅膀丢了，
环顾四周，又用不屑的眼神

打量身边人，愤恨地骂道

瞧这些杂碎，我怎么

可以混迹于他们中间

贴着我的耳朵，他继续细声诉说

多少个夜晚，他在梦里回到故国

见到慈爱的老母亲

但那些杂碎一尖叫，梦即破碎

泪流满面地惊醒

他一边述说，一边深信不疑地看着我

用力摇我的手，他说兄弟

你也是一个精灵

来拯救我的

我们回去，现在就离开这该死的地方

然而，当他用另一只手，摸我的

背脊，他大惊失色

兄弟，你的翅膀呢

喊过之后，抱着我号啕痛哭

（原载《人民文学》2016年第2期）

秋　日

江一郎

早年的一个秋日，我在乡间等车

与我一起等车的

还有一对母女

几小时过去，车始终没有出现

风愈来愈疾，西斜的日影

薄凉一片，小站四周

更显空蒙、清寂

我说走吧，车不会来了

迟疑片刻，年轻的母亲默默颔首

我抱起女孩，顾自走在前面

又不时放缓脚步

路上，我抱紧女孩，将脸

贴着她的小脸

这小家伙，在我怀里

慢慢睡着了

呼出的气息，给我

麻醉般的沉静

走着，走着，月亮升起了

而那时，我只是单身青年

却形同一个好父亲

（原载《人民文学》2016 年第 2 期）

丛　林

江一郎

有一年，我在一片丛林迷路

天黑了，依旧被困山中

白日静美的树木

披头散发，一齐摇摆

风声、泉响，愈见诡异

所幸，林深处走出一位老者

一袭布衣，人白白净净

不像砍柴人

不像猎户

他朝我招手，带我
踏入一条草径
他走得很快，几乎
踩着草尖在飘
林木渐渐疏朗，不消片刻
望见起伏的山地
昏蒙里，有村落灯火跳闪
但未及道谢，老者已转身离去
行至一棵树旁，瞬息消失
像进入树的体内

（原载《文学港》2016 年第 9 期）

你是我的果冻

宇　舒

你是粉红色的
我想把你吸进去
可我怎么也撕不开
粘在你表面的坚强的纸

我开始怀疑那层坚硬的纸
是长在你皮肤上的。
我开始满怀渴望，满怀恨意
可我没用牙咬
我怕弄碎了你

我只是注视着

猜想着，藏在内部的你

（原载《诗探索》2016 第 3 辑）

致雪，致我的雪

宇　舒

25 年前的雪
落在 40 岁的清晨

已没有一颗钉子
能钉伤我内心的雪花

那个叫雪的人
一再飘进我，最虚无的角落

从我的体内，掏出风暴与雷霆
清扫我一碎再碎的瓷器
并给我最亮的阳光
最丰富的歌吟

……亲爱的，当他们说起雪
我就会这样，想起你

（原载《诗探索》2016 第 3 辑）

沧白路

宇　舒

沧白路的沧
不是苍白的苍
我一直强调这一点
不只是怕人记错我的地址
更怕人看出我的生活苍白

沧白路的沧
是沧海一粟的沧
是三点水加一个仓库的沧
我走在沧白路
就像一颗米，随波逐流在沧海里
有时，我又像一个进水的仓库
体内的狮子、老虎、怪兽
全部被洪水冲得耷拉着脑袋

我曾经爱写诗
那是早年
在烈士墓旁的大学
我们调侃，令人啼笑皆非的求爱
接受物质和爱情的双重迫害
后来，在妇产科医院，冬日的金汤街
我曾艰难地忍受，破壳而出，那宿命般的母爱

我的同学都已不在这里
我知道你们在巴黎

心情复杂地说着外乡的词语
而我一直在这里
从出生到现在
从出生到现在
我一直在这里，等着天完全黑下来

（原载《诗探索》2016 年第 3 辑）

孤 独

宇 舒

据说，有女人爱上过山车
爱它英俊、威猛、酷、性感
还有女人和海豹结婚
这是轻松调频的两个主持人
一个男人、一个女人说的

男人说
恋物癖让他觉得悲凉
这难道不是
对整个人类的绝望？
女人反对
说那是一种神秘的牵系
像她与中学时的那棵树

今天，他们又说到男人陪产
男人说，目睹了这血腥
就会有障碍
女人提议让闺蜜来陪产

但她喃喃自语
——为什么女人亲历的撕裂
男人脆弱到不敢目睹

除了生育
人类又有哪一种真实
可以被自己承受?

难怪,有人爱过山车
有人爱一只,巴巴凝望的狗。

(原载《诗探索》2016年第3辑)

北京辽阔,陌生而又孤单

孙方杰

你说,北京辽阔,陌生而又孤单
当一种糟糕的心情
埋没了人生的星空和圆月,料峭的寒风吹来
洞穿前额上的郁悒
我通常会坐上一辆开往郊外的公共汽车
在终点站下车,经过一些庄稼
有时也经过蝴蝶的艳丽裙子

对于孤单,我通常会在郊外的山坡上
看远方的事物在天际线的下方伸展
那些依稀可见的矮树上
梧桐或者槐树,都挂满了蜜和闪光的生机
当我从太多的愁肠中回过神来

就站在济南的郊外，大声地喊你
看啊，那些在孤单中度过的光阴
犹如一只受委屈的小兽
在拼命地咬着流年虚度的嘴唇

而人生短暂
这样带着折磨自己的忧伤度日
该多么的不值

（原载《诗刊》2016 年 2 月号上半月刊）

陪酒女自述

孙方杰

我从不打算立一座牌坊
也不打算在无聊中把酒押给大海
我并没有被逼迫
但也绝对不是出于自愿
我依托自己身体的香气让众客皆醉
我出卖自己
但不出卖朋友，不出卖国家
也不出卖灵魂
我的收获来自男人的空虚，抑郁，孤独
来自寻欢作乐
我烤青春之火，他们因此温暖
他们踏惊慌而来的脚步声
颤抖而又忐忑，那些个日子
天一直阴着，雨在他们的心中
雨在我的心中

一直下
我知道青春之火终将熄灭
借着余温，我会让海水平息
让身体里的音乐，由激烈而平缓
由平缓而远去
在辗转反侧里，会有一支玫瑰在唇齿间盛开
那时候，我会回去，现身于人间烟火
我秉承持家之道，把过去落在身上的尘土
打扫得干干净净，以及那些小腹上的手印
那些肩上的吻，那些闪耀在醉态里的歌吟……

（原载《山东文学》2016 年 8 月上半月刊）

苦 菜 花

孙方杰

深秋里，山谷里的花都开过了
繁华过了，也衰败过了
我看到还有一朵苦菜花，含着苞
在渐渐寒冷的风里，等待着

整个山谷，都在做着越冬的准备
而这朵苦菜花，还在等待着
那只命中注定的蜜蜂

像一个纯情的少女等着她的心上人
像一座十字架，等待着真理
仿佛它内心的苦，唯有与生俱来的
那只蜜蜂的亲吻，才能得到缓释

或许，缘自前世的一个约定
或许，这是命中修行的因果
就这样等待啊，仿佛你不来我就不开
你不来，我就无法挤出命中的苦
你不来，我就无法赶去来世投胎

（原载《山东文学》2016年8月上半月刊）

惠福早茶

苏历铭

琥珀色的茶水映入吊灯的铜坠
我怀疑瓷碗里的茶叶
是飘落下来的铜锈
每次置身广州，我的脑海里
总是浮现出女学生梳着干净的短发
身着白衣和蓝粗布裙，手举彩色纸旗
在大街上高呼革命的口号
她们来自清末，消失于民国
眉宇间除去爱情的初醒
更有拯救民众的道义
她们受孕于理想，分娩着现实
信仰的床单上滴满生命的血迹
期待后代不再流血
有人却变成母亲的敌人
我喜欢肠粉的香滑
其上的青菜碎末
弥漫着乡野的清香，用舌尖轻轻细品

稻谷竟沙沙作响

（原载《读诗》2016年第3期）

净月栈道

苏历铭

沿着木板栈道漫步的时候
脑海里一直浮现大学时代的秋游
在湖的另一岸，我们在杂草丛中劈开一片空地
围拢一起畅谈远大理想
每个人的裤脚沾满草芥
双手抱膝，坐成一只只小麻雀
天空是用来憧憬的
都想飞得高，飞得远
而现在栈道是多么平缓
无需气喘吁吁地跋涉
轻松尽收沿途的美景
看小松鼠从一根树枝跳到另一根树枝
把阳光弄碎一地
当年我们是从净月潭跑回校园的
从黄昏到深夜，骄傲始终
映照着青春的脸

（原载《读诗》2016年第3期）

夜行火车

苏历铭

穿越冷冽的夜风
穿越寂寞的松花江
穿越绵延起伏的小兴安岭
我要赶乘午夜的火车

穿越遮蔽的薄雾
穿越忽明忽暗的灯火
穿越一直失眠的城市
我必须天亮前抵达

多想告诉你
每一道伤痕都烙在我的心中
你流的泪，就是我伤口上的盐
爱从未消逝
一直隐身于你的身后，你若回头
我一直都在

多少次梦见那双圆睁的眼睛
像犀利的刀锋
反复割破我的肌肤
他是多么无辜，没有留下怨言
云一样地飘远

穿越所有的羞愧
穿越痛彻心扉的救赎

穿越人世间的爱与恩怨
终有一天，我们与他
天上见

（原载《诗东北》2016年冬季号）

时间注入的日子

苏笑嫣

原谅我生得太晚　我的世界面目全非
那些花花草草真是机灵　活泼地嚷着俏皮话
也有低头忧郁的　但我一个也叫不出名字
（更别提《诗经》和《本草纲目》里的小家伙们
——好像登录在册的远古化石在字典里）
好在它们也不认识我　让我不至于太过羞愧

我当然还年轻　生活还很漫长
你当然很古老　但生活比我更漫长　更更漫长
随便一颗石头都几万岁　树木因而显得很嫩
我和一朵花又有什么区别
风云变化之间　朝生暮死
真蠢　竟然每一天都把生存活成一个难题

我为我的困窘伤害了这慷慨而感到抱歉
杜鹃尝到甘露就摇曳不已
鸟群把脆弱的啼鸣交付给水草
熟透的风一吹　花丛就抖出几只蜜蜂来
而村庄　在情歌停歇的地方生长
土豆、白蘑、马匹　是人们花费一生侍弄的事儿

在时间注入日子以前　这山林河湖
闪烁和透明的明亮世界　是的：无限
我们熟悉的都迅疾死去　我们不熟悉的都牢牢生根
这一秒我长势真好　双手交缠玫瑰
有人沿着你生命的光线行走
时光之马停下脚步　痛饮泉水

（原载《诗潮》2016 年第 5 期）

万物使我缄默

苏笑嫣

出于羞惭　万物使我缄默
兴安落叶松油绿　好像集体哭过一场
于是午后饮马　在斜枝下稍立片刻
南风带来一生错过

吹长了一串雁子的阵型　云层低垂　而天空悲伤
昨天的话一如往常　端坐在今天的树枝上
——那果实曾经甘甜而如今酸涩
耐心等待　时间　把它酿成美酒以及更多的沉默

我同树木一样无所事事
或席地而坐　读乏味的书　写下无用的文字
不发一言
或看两株虞美人　在风上相爱　相爱又分开

林间营营有声：一场隐秘的对话

潮湿的风向
天空随雨水一同降落　一种辽阔的战栗
飞鸟如箭　倒影是留恋一切以及淡漠一切

（原载《诗潮》2016年第5期）

飞过天山

李　琦

没有翅膀，不具备飞翔的能力
此刻，我居然在天山之上
在飞机上俯瞰，在高处看高
除了震撼，还有一种慌张
会当凌绝顶。我凭什么
从这万山之巅上飞过
这算不算是，一种冒犯

雪峰，日光，大地的神迹
一万只法号庄严地吹响
那难以企及的浩瀚、苍茫
像巨大而凝固的孤独与悲伤
地球必须结实而厚重
它需要把这一切，沉稳地托起

这高于人间的圣洁与寂静
这收藏光阴与魂魄的地方

想起我在浑浊尘世的经历
所见所闻，何等的卑微

飞越天山，像是一种投奔
从低处而来，在高处羞愧

无法解释，为什么这么难过
尽管强作镇静，还礼貌地
回答了邻座的某个问题
泪水还是倏然无声，流出我的双眼

（原载《读诗》2016年第2期）

在草原上骑马

李 琦

小小的哈萨克少年
看出了我的胆怯
他走到我面前，果断地说
你上去吧，和它说好了
没事！我保证！
（他说汉语的样子特别可爱
郑重，一字一句，如同说出隐喻）

你和它说好了？
我甚至觉得连那马都在点头
这是哈萨克的草原，只有
这样的地方，你能听见这样的话
人和马，都值得相信

我骑在马上，恐惧迎风而散
马的步伐均匀如舞步

时光安详，这是回家之路
我的身后，是神态笃定的哈萨克少年
我的身前，是空旷寂静的人间旅程

（原载《读诗》2016年第2期）

我认识她的时候

李　琦

我认识她的时候，她已变成铜像
在哈尔滨，以她命名的街道上
她青铜的目光遥望山河
遥远之处，是她南方的家乡
是迷蒙的未来，是她生前想看到的一切

青铜的身影和面庞在风中叠印
白山黑水的战场，刑讯室……
逃跑的马车，绝笔信……
英雄，英雄不只是气壮山河
还有心事浩茫，还有肝肠寸断

曾有年迈之人，来到铜像前
默默地凝望，神情肃然
他们是她从前的战友，早已年过古稀
在生命最后的段落，向她致以军礼

每年清明，都有鲜花和祭品
一次，一群孩子刚结队离去
忽然，有个男孩儿飞快地回转

他气喘吁吁，只是为了献上
一只从衣兜里掏出的苹果

（原载《诗刊》2016年3月号上半月刊）

终 生 误

李元胜

从纸上拉起一片湖水
或者，在一首诗里放下你的倒影
一部剧，一张虚空中的网
拽着不同时代的失意人

让我们跃出苦涩的湖水吧
经历又一次重逢、相爱和失之交臂
我在这厢徘徊，心头强按下水中月
你在那厢惊醒，镜中开满繁花
生活，折叠我们只有一次
而它的错过反复消磨着我们

一个人是另一个人的仙境
也可能是另一个人的寒庙
而一部剧是一个时代的后院
一个名字是一个人群的突然缄默
这无限折叠的人生，无数朝代里的活着
我多么恐惧着，身边突然的加速度——
一曲唱罢满头新雪，而你，仍旧宠着我的喋喋不休
"再讲一次吧，从满头新雪开始往回讲

我迷上这倒叙的爱，爱着你倒叙的一生"

（原载《人民文学》2016年第9期）

有　风

李元胜

真是好风啊，把我的头发吹白，再吹黑
把一群人吹走，又给我吹来一只茶碗

我在梅岭之上看江西
看到花花世界，被吹开一条缝

露出故国：它被吹得只剩一根骸骨
而且发出金属之声

古道的那一头，端坐一中年书生
风吹得他落叶纷飞，老泪纵横
姓氏只剩下偏旁，茫茫半生，已作云散

还好，给他留下彻夜抄就的经书
北风再起时，和他齐齐仰头，狮子怒吼

（原载《读诗》2016年第4期）

不在场的我

李元胜

我们无休无止地挖掘地下室

我们无休无止地折叠真相
我们口吐莲花，聊天中的机锋
像迷恋某种看不见的杂技

只有在黄昏，一个人散步的时候
我才是羞涩的——
另一个我回来了，夕阳用最后的黄金
镀亮我心中深浅不一的沟渠

（原载《读诗》2016 年第 4 期）

还　山

李元胜

年轻时，遇到喜欢的山
我会带着它到处行走，带一座山
去拜访另一座山，像带着长江去拜访黄河

黄河有时云游未归，唯有河床
山有时也不在，留下我们在山门探头探脑
我们无所谓的，游兴不减

如今，当年的路只好重走一遍
——把它们送回原处
中年辛苦，是有很多奇怪的债要还

（原载《诗刊》2016 年 11 月号上半月刊）

给

李元胜

这神秘的方程式已经结束
它并不完美，但似乎是对的

好吧，我把马留在这个故事里，只身向前
再没有一个名字可以淹没我，这也是对的

春天，不过是一场拉锯
宿命有着冬天的锯齿，我有着夏天的锯齿

曾经，你是我的好天气，也是我的坏天气
但终究结束了，唉，一个人的失败竟然如此之美

（原载《人民文学》2016 年 9 月号）

苹 果 园

杨　方

那一年，钻过土围墙的缺口
意外撞见繁花盛开的苹果园
我曾诧异世界有这么多美丽花朵，蓬勃，拥挤
仿佛按前世约定集中在一起
规模宏大地开放和凋零
就像有些人，终日愁苦，劳碌
这时候也要停下来，聚集在苹果树下

喝伊力特，唱快拍热烈的木卡姆
用一双四处奔波赶路的脚
有力地踩着大地上的尘土和落花

我曾经想过这些人，这些花
为着什么集中在一起
又羊群一样四处分散，飘零
秋天，摘光了苹果的树木
会显出无限衰败和老朽
百木萧萧，人世像一处破败的花园
土围墙的缺口，像童年的缺牙，总在漏风
这些年，苹果园里，花朵依旧盛开，凋零
有的结成正果，有的无疾而终
唱木卡姆的人，有的已经死去
墓地上覆盖苹果花宁静的气息
仿佛这就是命运，无论我怎样辗转
都无法再次穿过缺口，回到落花汹涌和歌声起伏

（原载《绿风》2016 年第 1 期）

阿力麻里

杨 方

不是所有的苹果都脸色红润，面带朝霞
春天它们自一朵花受孕，投胎
凡尘中承受雨露的恩泽也蒙受灰土
忧郁曾笼罩一个苹果的背阴面
制作香水的薰衣草一直开到了哈萨克斯坦边境
天山头颅低垂，像一匹忧伤的老马

我注定在这忧伤的气息里终老，在静静的果园
倾听流水在果木的身体里弦丝一样冰凉地行走
蛀虫总是出现在果核内部，总有什么先于精神而溃败
早陨的苹果会像星辰那样黯然坠落
是腐烂还是绝望
一个苹果用优雅的坠落对抗生活
我是否有勇气切开苹果看见自己的内心

阿力麻里，母语里我习惯把它唤作苹果城
人们聚集在苹果树下唱木卡姆，喝伊力特
用羊骨占卜命运，用天鹅羽辟灾去邪
这圆的、冰凉的苹果，暗蓝天幕下拥挤的灯盏

雨水一样微微泛着青光
我着迷于无限惨淡的秋天，像一个忠实的守园人
眼见苹果候鸟一样从枝头飞走
我沉重的部分是那些压弯了自己的成果
我空荡下来的，是一座城的空荡

（原载《绿风》2016年第1期）

无从追问

吴乙一

村人多是笑脸相迎，你又回来了啊
银水塘空无一人
荒草重又遮了我与众多亲人相遇的路
别家的果园早已荒废

或种上其他作物
寂静中，游弋的水鸭突然惊飞
嘶哑的呼叫牵着天空左右摇晃
女儿总是问，为什么喜欢回到这里
度过一个又一个无所事事的下午
我常常无言以对
不远处的松树林，先是葬下爷爷
再是奶奶，后来是父亲
那一片土地一定是温暖的
因为也埋着我的体温和牵挂
所以，我会抚摸女儿的头发
告诉她，这是你爷爷留下的果园

（原载《诗探索》2016 年第 4 辑）

你必须知道的禁忌

吴乙一

拜神时，只能求健康平安
不可求神明保佑获取不义之财
如赌博赢钱，六合彩中特码
不可求神明助你诅咒他人、陷害他人
野外遇尿急，不管大人小孩
需向四周抱拳，心中默念
"伯公伯婆保佑，小孩子无意冒犯"
才可放心小便
路旁"送鬼子"的鸡蛋、饭团
须等鬼吃过之后的第二天

才可捡回家，吃下方得免祸、消灾
不可以惊扰正在交配的昆虫
不能手指刚长出的南瓜、西瓜、苦瓜
它们可能就此枯萎
小孩脱掉的牙齿，要扔回屋瓦上
有身孕的人不可亲自采摘果实
否则，明年那棵果树将不再结果

（原载《诗探索》2016 年第 4 辑）

一朵花的战栗

吴乙一

或许，她刚刚提来一壶清泉
洗净月白色心事。或是跨上马匹
准备追逐天空中金黄的太阳
失散的鸟鸣再一次响起
或许，她已经有了心上人
从闪电的喊叫中苏醒过来
膨胀的身体藏着　枚小小的核弹
却在飞翔途中
遭遇了我的拦截
我谨记父亲教导：花太盛，则果小
疏花、疏果得尽早，免得消耗养分
但我的"尽早"并不是老果农的忠告
我只是不希望
在最灿烂的一瞬，将一个梦想折断
春风浩荡啊，人间草木

此刻，一朵花的战栗，是整个春天的哀恸

（原载《诗探索》2016 年第 4 辑）

涂 改

吴玉垒

春天改成了夏天
夏天改成了秋天
秋天改成了冬天
冬天又改成了春天

他们总是涂来改去

把孩子改成了大人
把青丝改成了白发
把家园改成了废墟
把一瞬改成了永远

好像没有什么不能改变

酒被改成醉了
笑被改成哭了
恨被改成爱了
生被改成死了

死何时改成生呢？那样

我就又回到亲人们中间了

立秋过后

吴玉垒

立秋过后，雨水变得又细又长
像被十三亿人亲手捋了一遍，像早年间
母亲的心事，恋爱时情人的发丝
一生操劳的母亲过早地去了天堂
南飞的大雁或许能捎去我的思念。才几天啊
爱人那一头柔顺的青丝，居然
就飘起了一层清霜，不过是想一想
日子就又绷紧了一截

田野突然拥挤起来，麻雀和田鼠
突然忙碌起来，通向远方的小径被谁
藏了起来？树上的知了叫着叫着
就掉到了地上。落叶、车辆和人群
哄抢着道路，大地好像又瘦了一圈

天擦黑的时候，老家的弟兄们
打来电话，该收的差不多收完了
该种的还在种着。天气越来越凉
别忘了早晚添加衣裳，中秋不回就不回了
过年可要一定回来啊……

雪落在草地上

吴玉垒

一棵远道而来的雪松伸了伸懒腰
旁若无人又睡着了。一只麻雀
缩做一团，等待天降大任
一条狗兴奋得像十二条泥鳅，一头
叫作冲动的驴子闯进了我的胸膛
与此同时，雪花恰好铺满了整个草地

道路水淋淋的，像刚从海里
逃出来的大鲸，呼哧呼哧喘着粗气
第九个从其上走过的像是一对恋人
他们把所有的亲密都藏在一把红色的伞
下面，雪花像不明白似的围着他们
团团转，连我都有些难为情了

一种无处不在的声音唤起了大地的沉静
曾经是绿色的草地，变成了白的
曾经是黑色的道路，现在更黑
我恍惚于这眼前的这没来由的对比
回过神来，发现自己已是一个多余的人

（原载《诗探索》2016 年第 3 辑）

崩　溃

吴玉垒

细雨下过去就下过去了，她留下了什么
其实我们是知道的。四月的柳丝被阳光焗过后
愈发不好打理。十里长亭你见过吗
作为一个离家多年的人，你深一脚浅一脚
扬起的灰尘足以安抚头顶上的雁群

还记得那些叽叽喳喳的少女吗
还记得蝴蝶结、小镜子、一蹦一跳的马尾辫吗
作为一个时代的终结，似乎是在一夜之间
她们就都做了母亲……孩子们
仿佛多年未见的老朋友，而我们
却还是没有长大……

（原载《诗探索》2016年第3辑）

又下雨了

何小竹

从9月3号到现在
成都雨水不断
感觉整个2015年的雨水
都集中在了9月这个月份
这很罕见（至少去年不是这样）
我是个很少出门的人

下雨不会给我带来太多不便

我其实还很喜欢听雨声

尤其在晚上的时候

但如果我说我喜欢下雨

恐怕会得罪很多人

他们一早要出门上班

雨水会打湿他们的裤脚和鞋

即便是那些开车的人

雨水也会影响他们的视线

甚至带来一些危险

所以，当雨又下起来的时候

我不会说我喜欢下雨

我只说，啊，又下雨了

在雨和这个世界之间

恰当地保持中立

（原载《读诗》2016年第4期）

五十以后

何小竹

此时，塞万提斯已结束旅行

回归故里写起了堂吉诃德

蒲松龄也一样，放弃了科考

专心于聊斋的写作

而我，五十以后还在忙于生计

无法确定自己的时间表

在去往六十的路上

随波逐流

（原载《读诗》2016 年第 4 期）

放　　下

何小竹

放下茶杯，茶水已经淡了
放下香烟，烟抽太多，累
看一看四周，还能放下什么
四周空寂，天近晚，狗不叫
春节过后就心生厌倦
决定着应该放下很多东西
但真要放下的时候，却发现
除了一杯茶，一支烟
其实并没有多少放不下的
自己把自己想多了

（原载《读诗》2016 年第 4 期）

下午看雨

余秀华

不想出去，就看院子里的雨
看它们瞬间成水，弄出哗哗的响声
天色阴暗。衰老从地面上站立起来
倒下去就更薄了

我不知道是怎么老的。乳汁从什么地方
渗出体外
直到下雨，我忘了我还需要一场爱情
门外的香樟树需要人赐予它秘密，赐予它年轮上的
一点黄金

没有人从远方赶来。没有鱼偷得到水的秘密
我把预备好的相遇都吞回去
这个下午，衣囊鼓鼓地唱戏
自有雷声隐约

雨大一点，就能翻出地底没受过委屈的灵魂
而更多的已经无动于衷
雾霭差一点就跑丢了
一只野雀叽叽喳喳叫唤的时候

（原载《花城》2016年第3期）

在与你相聚的路上

余秀华

这掩盖不了的欢愉：我在与你相聚的路上
阳光照在合欢上，照着它们啪啪打开的声响
一些花过于紧张
一个恍惚就打着转，落到地上
我几次碰倒了桌上的水杯
桌上的水映出窗外乱飞的云光

哦，你一定会说：这个女人小小的躯体里

一些凌乱，微弱的光
如荒野里野兽的眼睛卷起风
她呈现给我的我来不及猜
就已经迷惑在她遮蔽的部分
而她遮蔽的却又是那么明亮

此刻的世界，孤独尖锐
微风里，倾斜着危险，扶正着叛乱
我向芳草萋萋的左岸挥别
我喊：救救我

（原载《花城》2016年第3期）

想和你去喝杯咖啡

余秀华

想和你，一起走过几棵大樟树
走过树下斑驳的阳光，走过想把自己的病情捂住
却总是捂不住的人群
想和你一起走出医院，丢下人间疾病
丢下我做不了替罪羊的焦虑
想和你，再往前走走
街道的拐角，我想和你喝一杯咖啡
想看你抽烟
只有你烟圈消失的样子才是消失
只有看着你而不敢说爱的悲伤
才是悲伤
但是这就是我的好时光
为这一杯苦味终会转化为甜蜜

为赴死无憾的静谧
这些，都是无关紧要的
重要的是，你离开我回头
这所医院依旧收留我

（原载《读诗》2016 年第 1 期）

一座城，一盏灯

余秀华

一座城的灯光只能远望
一个身子走进去，影子太多，形同绝望
不能说出的是
还有一盏灯，于千万灯火里
让我还没望过去
就已经泪湿眼眶

（原载《读诗》2016 年第 1 期）

手持灯盏的人

余秀华

她知道黄昏来临，知道夕光猫出门槛
知道它在门口暗下去的过程
也知道一片秧苗地里慢慢爬上来的灰暗
她听到一场相遇，及鼻青脸肿的过程
她把灯点燃

她知道灯盏的位置，知道一根火柴的位置
她知道一个人要经过的路线以及意乱情迷时的危险
她知道他会给出什么，取走什么
她把灯点燃

她是个盲女，有三十多年的黑暗
每个黄昏，她把一盏灯点燃
她把灯点燃
只是怕一个人看她
看不见

（原载《诗刊》2016年2月号上半月刊）

踢着落叶

谷　禾

夜色里，长堤上
天空隐现几颗星子
相隔多日之后，我又走来
看高壮的杨树，脱尽了密实的叶子
枝杈上的鸦巢裸露出来
像一颗颗黑的果实
我走在树下，从一棵到另一棵
听干枯的落叶
发出沙沙的喧响
陪伴我的女儿，有更快的速度
更愉悦的心情
在我的前边，折返来回
激起落叶更大的喧响

她身体溢出的光，恍惚照亮了
这幽暗而逼仄的路
有一瞬间，我甚至想喊住她——
在时间的某处定格下来
脚下这些落叶，夏天时
也曾遮没了头顶的星空
但现在——我反复踢起它
没有悲欣，也不落寞
和女儿一起，走在漫漫长堤上

（原载《山花》2016年第8期）

关于父亲

谷　禾

关于父亲
我还能再说些什么
天越来越冷了
父亲常常在低矮的屋檐下
抬头怔怔地看天
接下去就把脸深深埋在胸前
长时间一言不发
五十六岁，父亲已不再年轻

我还记得今年麦收
父亲和我要把打下的粮食运回家
父亲搂紧一大袋麦子　努力了好几次
最后突然瘫坐地上
父亲的脸一下子涨得黑紫

手足无措地望着我
沮丧得像一个做错事的孩子
我赶忙用衣袖遮住了双眼

父亲终于要到南方去了
他向我数落着日子的艰难
我把他送出学校土门外
直到泪水模糊了视线

我仿佛看到滚滚的民工大潮中
我衰老的父亲
身背简单的行李
像一只孤单的斑头老雁
苍茫的背影
蒙满了厚厚的尘埃

（原载《山东文学》2016 年 6 月上半月刊）

赠 高 兴

沈 苇

我和你，在大摞《世界文学》
和几架子外文书籍中重逢
如当初在黑海边的康斯坦萨相遇
在帕米尔的乱石堆中穿行
外面是海关大楼和长安大戏院
青春派京剧演唱会就要开始了
空气和交谈却弥漫吴侬软语

相逢一笑，原来是江南兄弟
但你我之间还是有一点区别：
你是汉语的，又是罗马尼亚语的
我是吴国的，又是西域的

（原载《读诗》2016年第2期）

死者从未离我们而去

沈 苇

死者从未离我们而去
在葡萄叶和无花果叶
漏下的星光里入座
寒暄，垂首，低泣

他们随流水和尘埃迁徙
用风，采集草尖的战栗
一大早在花丛中睁开眼睛
提醒另一些假寐的死者
还有值得细赏的"人间"

有时在乌云和白云之间
演示雨水的慷慨
雷霆的震怒
有时用一株闪电
扎根惊叫四散的人群

在清明节和忌日
他们坐在我们对面

默默饮酒，吞咽食物
或者亮出一把长刀
切了西瓜又切甜瓜……

（原载《人民文学》2016年第4期）

中　年

沈　苇

此刻在一起，在山坡上
看一座几近遗忘的城
看似曾相识燕归来
这就是全部了

分别后，两手空寂
回到各自命运的旧怀抱

这个"颓荡"年岁
身体开始四处漏风了
磨损的外套挂在衣架上
渐渐有了人的模样
从小至今扔掉了多少双鞋
已难于计数
世上的路也难于计数
留给自己的只有弯曲一条：
暮色四合中的荒芜路

甚至连绝望也不吸引人了
新闻转瞬皆成旧闻

只需学会在长吁短叹中
获一种凝神静气的力量

时光送走一些季节
一些流云，一些星光
而从水中月到天上月的距离
你还来不及丈量

（原载《扬子江诗刊》2016 年 4 月号）

都 是 狗 屁

沈浩波

一直想写一首诗
名字就叫"都是狗屁"
想写这首诗是因为
"都是狗屁"是我这么多年来
在心里说得最多的一句话
看着电视上那些
巴拉巴拉说话的人
我在心里想：都是狗屁
看着微博和微信上
那些巴拉巴拉地说话的人
我也会在心里想：都是狗屁
看着生活中
那些巴拉巴拉说话的人
我还是觉得：都是狗屁
甚至当我自己在巴拉巴拉说话时
心里的那张嘴也条件反射似的说：

都是狗屁
这句话我本想永远憋在心里
以此表明我对这个世界的善意
今天把这句话说出来
因为我对这个世界
有更大的善意

（原载《读诗》2016年第4期）

高歌的人拎着嗓子

沈浩波

高歌的人拎着嗓子
说真心话的人，拎着通红的肝胆
烦躁的女人拎着头发
小时候过年，风尘仆仆的父亲
手上拎着一条大鱼
春天拎起全世界所有的冰
教徒拎着自己美丽的灵魂
对上帝说：瞧，我已洗得干干净净

（原载《十月》2016年第2期）

关于永恒

沈浩波

火车向前奔跑
此刻时间也在奔跑啊

它与我们的奔跑是垂直
还是平行?
有着怎样的交叉?
有没有喊停的警察?

它比我们快还是比我们慢
它撞上我们
会不会出现车祸?
谁来测量时间奔跑的速度?
谁在更高的天空中
举着秒表?

此刻河流也在奔跑啊
鸟儿也在空气中奔跑
谁都没有终点
当我们试图停止
时间兴致勃勃
喊我们跟上

此刻耶稣已经跑回了马槽
蚯蚓已经跑回了泥土
蝴蝶已经跑回了庄子
连老子骑的那头牛
都已经跑回了河南

（原载《人民文学》2016年第1期）

谢谢她为我们歌唱

沈浩波

那个唱歌的女孩去世了，喜欢她的人
叹息她红颜薄命的人，都在悼念她
吃饭的时候，妻子问我，她唱得好听吗？
我和妻子，都不是很爱听流行音乐的人
但我知道很多人喜欢她的歌
妻子噔噔噔跑上二楼，打开电脑和音响
那女孩的声音在我家响起，清亮的嗓音
像喷泉绽放。妻子在楼上喊：听得清楚吗？
我忍不住笑了。当然听得清楚，声音这么大
确实唱得好听，而且很动感情
是那种想把每一首歌都唱进人心里去的歌手
不是我特别喜欢的，也算不上唱歌的天才
但有一副好嗓子，唱得用心，卖力，像我认识的那些
在生活中努力着，想让自己变得更好的女孩
妻子站在楼梯上，扶着栏杆，探出头对我喊
"我觉得她唱得特别好，你觉得呢？"
我知道妻子会喜欢这女孩的歌声，大声回答
"我也觉得唱得好，声音真好听。"
妻子微笑着，从楼梯上歪着脖子看向我
我突然想感谢她，此刻仍在为我们歌唱

（原载《十月》2016年第2期）

阴晴不定的山中

宋晓杰

如果一整天都晴着，未免不够深沉、丰富
这白亮的天光，善解人意
下午四点，花容失色
犹如酒、诗、祷告、清谈
不应混杂在同一个时辰
这样的变奏是可行的

这些日子，我浪费了太多的普洱和山泉
把大把的光阴，压在几行诗上
一会儿感叹命运无常，一会儿缄默无声
有一阵，还落下几滴廉价的泪

索尔仁尼琴说：除了知情权以外
人也应该有不知情权……过度的信息
对过着充实生活的人们来说
是一种不必要的负担
语言之欢，也是语言之苦
那些不断变幻的烟云，倒出虚妄之水
使我去虚火，得以安生

苹果树下，我呼吸清洁的空气
过滤出多余的杂质
等待随便的雨水，抽出骨子里的寒

（原载《诗林》2016 年 1 月号）

秋天的邂逅多么明亮

——给伟大的诗人阿多尼斯

宋晓杰

孤独是迷人的，你的花园尤其如此
我跟着你，犹犹豫豫地往黑里走
反而，看到了清澈和澄明——

亲爱的阿多尼斯
我不说你是万能的神明
掌管着爱恋、泪水、光明和谷仓
不说你如期复活了每个四月
以及，人间的腥气和上升的暖阳
不说你是飞旋的星球
眨眼之间，如水的星星就生出了翅膀……
今天，是确切的一天
你就坐在我们身旁！
微笑、凝神，说北京秋天的明亮
大马士革、阿拉伯的骨头、精神的流放者
说的是不是你呀，你却又分明是它们的总和

是的，河岸宽阔，水流平缓
我也不说你是宠辱不惊的河流
容纳了数不清的战争、苦难和孤寂……
于是，我在颤抖的火焰中，认出了你
在从容的流水上，认出了你
在西西弗从一而终的悬崖上，认出了你

沿着时光的皱纹逆流而上——
在词语的森林中，亲爱的父亲哦
你本身就是一个完整、自由的国度！
——我看见你怀抱天空、大地、万物和人民
匆忙而倔强地，独自旋转……

（原载《诗林》2016 年 1 月号）

为什么一次次写到火车

宋晓杰

我喜欢怀旧版的绿皮火车
动车、高铁也行
但我只取它的速度？飞快的刀
带出的风

我喜欢坐上慢的、快的火车
并成为它的一个螺丝
锈死，但擦得锃亮
喜欢车窗外北方的大地
睡狮的大河，薄雪，三五簇芦苇
轻轻摇着。喜欢水墨的层林和村舍
偎在天边儿，沉默

喜欢去看一个人，刚好日落
像被高高托举的鸟巢，荒凉的心
浸着夕晖，却又空空落落

（原载《诗刊》2016 年 10 月号上半月刊）

秋　天

张　后

乡间的小道充满了金色的忧郁
少女一个人满腹心思系着方格围巾悄悄走过

一群猛虫低矮地寻找着食物
燕雀在练习飞行
地上到处是亮亮的水银，青蛙用一只耳朵窃听

我不知道怎样安慰少女的心灵
把来年的种子种植在她的体内

（原载《延河》2016 年第 2 期）

木质的夏天

张　后

水晶一样澄澈的天空
一只鸽子停在上边

少女闭上眼睛
每一片叶子都是她的嘴唇

花瓶从触摸的夏天跌落
知了的鸣叫使暑热更加凝重

置身七月，混浊的香气从树上传下来
木质的夏天到处都是翅膀的声音

（原载《延河》2016年第2期）

为这块大好河山活着

张　后

丢掉一点旧时光，安静地
坐在树下，我差不多已经忘了
我写诗的样子

我只是喜欢湖水，对着它闷坐
我不抽烟，也不喝酒
一天也许就这样过去了

我像一个孤寡老人，在这过去
属于皇帝的园子里闲转
一切感觉都挺好的

克里米亚公不公投和我没有多大关系
不仅仅是离得远。只有马航
还能牵住我一小半的心

因为那架飞机上至少还有我154位同胞
我现在只存这一些念想了
在这个春天里，樱花也开始碎落

我偶尔会用一些面包屑

去喂那些水中的鱼儿
鱼儿吃完之后，就没心没肺地散开了

我偶尔也抬抬头，去望
那些树上的小鸟
它们吱吱喳喳地也不知说些个啥

我连一句也听不懂，但我至少
知道它们挺快乐
一会儿向东飞，一会儿向西飞……

乏了我就闭上眼睛眯片刻
太阳照着，这日子很美，无人打扰
一个人独自为这块大好河山活着……

（原载《作品》2016年第3期）

静 夜 思

张二棍

等着炊烟，慢慢托起
缄默的星群
有的星星，站得很高
仿佛祖宗的牌位
有一颗，很多年了
守在老地方，像娘
有那么几颗，还没等我看清
就掉在不知名的地方
像乡下那些穷亲戚

没听说怎么病
就不在了。如果你问我
哪一颗像我,我真的
不敢随手指点。小时候
我太过顽劣,伤害了很多
萤火虫。以致于现在
我愧疚于,一切
微细的光

(原载《诗探索》2016 年第 4 辑)

黄 昏 近

张二棍

一下午坐在山顶
潜入几页史书,做了乱世的
糊涂宰相。掩卷后
黄昏已欺身。史书中
也曾无数次提到,这样的黄昏

有人饮酒杀人
有人喊,刀下留人
有人班师回朝
有人马革裹尸
有人孤独地吟哦,拍遍了栏杆
却无人酬唱。一个人清晨种下的
柏树,在黄昏,就有人借一枝自缢
白绫飘飘啊,乌鸦翻飞

我从史书撕下，荒唐的一页
扔给风。就有千万个黄昏
呼啸着坠崖。我把史书
压在一块山石之下，独自离开
就有无数帝王，目送一个草民
趁黄昏近，揭竿，夺江山

（原载《中国诗歌》2016 年 6 月号）

暮　色

张二棍

远方。每一座山峰，又沤出了血
云朵比纱布更加崩溃。暮色正在埋人
和当年一样慌乱，我还是不能熟练听完
《安魂曲》。我还是那个捉笔
如捉刀的诗人，用歧义
混淆着短歌与长哭。一天天
在对暮色的恐惧中
我还是不能和自己一致。总是
一边望着星辰祈祷
一边望着落日哭泣

（原载《中国诗歌》2016 年 6 月号）

无法表达

张二棍

我爱上这荒芜之地——

松果静静腐烂，离开枝头
山猪已老，默然返回洞穴
燕雀们顶着鸿鹄，再高处是蓝天
蘑菇踩住落叶的肋骨
落叶埋好小虫的甲壳
——我爱上，它们的各安天命
晚风中，蚂蚁的队伍班师回家
最后两只，轰隆隆关上城门。那一瞬
我仿佛被诸侯拒绝的孔子，有轻微的疲惫
和巨大的安详。让我再坐一会儿
爱上一千棵花草，一千棵树木，一千只萤火虫
在夜空浩大的秩序下，让我像湖水中
沉浸的陨石，做一个被万物教化的人
与这三千兄弟一起，扳着指头，数
——白露，秋风，霜……此时
天光璀璨，涌来。宛如
刚刚懂得炫耀的雏豹，把喜悦
纷纷，摁进颤抖的肩膀，而我
却无法表达

（原载《扬子江诗刊》2016 年 1 月号）

在乡下，神是朴素的

张二棍

在我的乡下，神仙们坐在穷人的
堂屋里，接受了粗茶淡饭。有年冬天
他们围在清冷的香案上，分食着几瓣烤红薯
而我小脚的祖母，不管他们是否乐意

就端来一盆清水，擦洗每一张瓷质的脸
然后，又为我揩净乌黑的唇角
——呃，他们像是一群比我更小
更木讷的孩子，不懂得喊甜
也不懂喊冷。在乡下
神，如此朴素

（原载《诗探索》2016年第4辑）

冬日速写

张执浩

麦地尽头是一块菜地
菜地过去是一座池塘
池塘上方又是一块麦地
麦地尽头是一片橘园
橘子树上有几颗橘子
橘园下面有一片竹林
竹林深处是一户人家
家里的人都出门去了
门前的柳树和槐树在落叶
树杈高高举着鸟巢

（原载《读诗》2016年第4期）

雪后三天

张执浩

雪后三天，还没有化完

太阳涨红着脸出现

在乱蓬蓬的地平线

公路两端，水牛和卡车相向

而行，它们将在桥头碰面

结过冰的河早晚都很平静

小儿摸着桥墩上的狮子头

老汉弯腰拔扯亡妻的坟上草

残雪不多不少

正好映亮了屋顶

东边的炊烟升起来了

西边的炊烟在竹林里袅绕着

一条狗站在路中间

侧耳听辨碗筷的声音

（原载《读诗》2016 年第 4 期）

我们的父亲

张执浩

父亲年过八旬

越来越像个孩子

几天前，妻子陪我回去看望他

给他买了冬衣，药品

红包是以他孙女的名义送的

祝福是以他儿媳的名义

我坐在父亲的床头与他闲聊

他耳朵有点背了

眼眶里不时沁出泪花

他已经孤单地活了十四年

而比孤单更让他感觉无所适从的
是我们祝他长命百岁
一遍，又一遍
就像我们每次端起酒杯时
父亲都要无奈地端起面前的白开水
"少喝点"，从他喉咙里滚过的呜咽
要过很久才会被我听见

（原载《读诗》2016 年第 4 期）

猪圈之歌

张执浩

一群猪崽围着猪槽争食
总有一头悻悻的，另外
那头一副趾高气扬的样子
一群猪崽抬头望着半堵墙壁
阳光照着它们相似的嘴脸
你趴在墙头努力辨认它们的命运
腊月的气味在屋檐下盘旋
猪崽们挤在一起深情地嗅来嗅去

（原载《读诗》2016 年第 4 期）

海金的塔拉

张洪波

就是草原。塔拉

我请教年轻人海金
海金用蒙古语说。塔拉
真是好听

我学着说。塔拉
怎么也说不出
海金那种味道
有马蹄声有野草味儿
有奶茶香有牛羊跑
塔拉。就是那个真实草原
不是传说

我一遍又一遍学着说
塔拉。塔拉。塔拉
心越来越舒展
眼前越来越宽阔
塔拉。天地辽远
我用蒙古语念叨着你
从霍林河畔一路下来
逐水草。进入你的深度

（原载《星星》诗刊 2016 年 2 月号上旬刊）

净月潭的涟漪

张洪波

是一群推着另一群的
纯净的表情
是一拨追着另一拨的

阳光的心绪

到了夜晚
钟声也被一缕缕推过
上弦的禅意
是月亮寂静的脸色

我在岸边走
内心荡漾水的纹理
我从未这样
信任这个世界和自己

（原载《青岛文学》2016 年第 11 期）

在 向 海

张洪波

霍林河、格木太河、文牛格尺河……
都来吧。在向海
聚成无数泡沼
养育我的乡亲
养育牛羊、蒙古黄榆和蒙古山杏
还有丹顶鹤、鹭鸶和草鱼
庄稼和我们真诚的心

我远远就听见了芦花谣曲
苇丛里飞出苍硬羽翼
拍击云朵。如波涛涌向长天

夜来。我译不出水鸟暗语
明天该在哪里约会？

随便选择一个生命
都是草原王
我臣服于向海
拜每一抔泥土和每一颗水珠

（原载《青岛文学》2016 年第 11 期）

听朋友们朗诵林莽的诗

张洪波

六月青岛，文学馆院落虽小
却飘逸着旧日远方，那些诗
大家朗读着一个特殊年代
朗读着一个青年
善良的情怀以及晨风和雨季

我想起白洋淀北何庄
想起村庄里那所小学校
还有忠厚堂几代英雄
五月鲜花之后李家众兄弟
渔家小屋低矮潮湿
淀冰易裂，1972 年那个寒冷冬季
一大片又一大片芦苇……
我已经泪眼模糊

林莽声音缓慢向大家致谢

仿佛划着小船出现在芦花中
我知道他此刻想起了什么
我听到了远处大海在涌动
看见白发闪烁着岁月光芒
夜色里，他目光坚定
我能听得到他内心律动
那声音绝不随波逐流

（原载《青岛文学》2016年第11期）

伴我行路的音乐击点器

张蕴昭

疏于防犯　跌伤了骨头
只能静心卧养
时间的牛筋拉长了漫长的一百天

当手握拐杖恢复行走
这圆形的木质点击器
成了我行路少不了的安全棒
虽然有些累赘　但我必须爱她
还要艺术地使用她

梦里梦外都在思考
如何唯美地表现出行路的姿态
左腿、右腿起步下落　拐杖的提起和点击
都要错落有致
双脚踩出的是单一的跫音
拐杖击点地面可不同了

有了轻重　滑音　顿号　还有延长符
这种音乐感　醉了我心
助我怡然　潇洒　走这最后的行程
别人说过用拐杖走路笨拙难看

而我尽量适应着多向度的生存
用它在红尘中陶冶性情
握着它　心灵开满虚幻的花朵
簇拥我委婉地步入晚年的诗的意境

（原载《诗探索》2016年第3辑）

蜻蜓点水

张蕴昭

历史回眸一笑
竟让两双手重又相握
苍茫人海　六十载云遮雾障
山水相隔
而默然的瞬间
微温漫过十指
相见恨晚
跳出你怦然心动的私语
"见到你此生已无遗憾……"
我们的话题甜润而苦涩
过往的岁月里我们曾仰望天空
爱情适合于鸟语花香　蓝天碧水
而世事维艰
人生总会有悲欢离合　偶遇乌云

长长的一个花甲杳无音信
现实残酷地修改了各自的命运
多少年来我模糊了你的身影
此刻　往昔的记忆被激情召回
你深长的思念　保留我那张照片
直到上世纪那场"文革"的劫难

今日重逢　暮色已深
无法追溯往日的活泼性情
同饮一杯咖啡不敢加伴侣
苦涩的滋味　苦涩的愁肠百转千回
矫意的微笑已被时光磨损
重逢只意味着残阳夕照
第二次握手只是那么美好的一瞬

（原载《诗探索》2016年第3辑）

赏梅的别样心情

张蕴昭

浮动的暗香
艳丽成万千梅林
红尘低徊　清雅的姿容
荡开潇洒的意境
身临梅园
梅花轻呼我的乳名
心弦漾起甜蜜的液汁
虬枝婉延　众花点缀

灵动的梅林　别具风韵

梅　众花之冠　先以百花而来

昭示着自然的时序

灿烂成为我心灵的仪仗队

艳红的梅园旁　我们跨进春天

慎密地布种——小方块的汉字

春风轻抚　心中腾起梅花暗香的诗意

（原载《诗探索》2016 年第 3 辑）

握　手

邵纯生

小时候和一只小狗握手

它的爪子给我手背上留下划痕

害得我打了一针狂犬疫苗

后来长大了，握过各式各样的手

有的柔若无骨，有的干硬如柴

或者热，或者冷

时光啊！这块浸透清水的抹布

它擦掉灰尘，也带走粘在手上的记忆

有一回聊发少年狂，上树掏麻雀

脚下滑脱下坠的一刹那

隔着树枝，我的右手握住了左手

自己和自己握手，多么重要——

可以把剩下的命运挂在天上

（原载《诗探索》2016 年第 2 辑）

留　恋

邵纯生

我时常把自己比作一只麻雀
爪子弹离枝条，最后一片黄叶掉落
树林光秃秃的　像一群浴女
并非厌恶冬天，乐意逃离
这片老林子，如果还有什么叫人留恋
我将会飞得慢一些
或者住下来，落在雪上
枝头太冷了，不敢久待
假如少女们掀起衣衫一角
在贴近那棵老槐树的根部搭一个鸟巢
藏起我今世的肉身和过失……
倘若至此，我已爱上了北方
至此，我的翅膀已被冻僵
我已无法前行

（原载《诗探索》2016年第2辑）

霜　降

邵纯生

今日霜降。我感觉到了加重的凉意
可没有发现霜从天上降下来
一丛小草躲在墙角，蓬头垢面
不曾洗脸更没涂过护肤霜

白露已过，霜降无霜
节气不可全信
由此推算，伊人未必还在水一方
并非刻意猜疑先人的预言
但有时候老黄历确实念不得
我须管住自己的中年之心
披紧越冬的棉衣
——捱过立冬、小雪、大雪——
啊，大雪迷离了我的眼睛

（原载《诗探索》2016 年第 2 辑）

把大海关上

林 莽

面对浩瀚的大海和喧响的波浪
面对一切宏大的事物
一个小小的生命能如何面对

记得童年　乡村庙会上锣鼓喧天
舞狮抖动着红色的鬃毛突然间高高地站起
幼小的身心上印下了源自心底的战栗

而后　那场更大的风暴来临　我十六岁
面对惊恐　失望与无法抗争的命运
只能以沉默和韧性度过那些艰难的时日

两岁的丫丫
第一次见到大海的外孙女

跟我们说:"把大海关上"

海　却一直汹涌着
把浪花一次又一次地推到沙滩上

在回家的路上
她小声地问我:"大海关上了吗"

（原载《草堂》诗刊 2016 年第四卷）

我的车位前曾有一棵樱花树

林　莽

春风掠过时我漫不经心
层叠于枝干上的花朵轻轻地颤动
我打着发动机
车退向一棵刚刚长出叶芽的小小银杏树
初春　有着一年中最新的事物

而后便是夏日飞临
掩去北方短暂的春日

而后便是秋风和冬雪
许多计划随着时间流逝
曾经潜在的希望也已无法落到实处

转过年来的春风中
我突然惊觉　我车位前的那棵樱花树
不知什么时候已不翼而飞

四处春意盎然
而曾在我面前的，这丰盈而充溢的美色
何时化作了一缕飘飞的青烟
那棵我车位前走失的樱花树
看见过我春日的倦怠和心不在焉
生活，一些无端的失落
也许无需再找到它的归宿与理由

春风掠过时
我转动方向盘，车徐徐向前
生活又进入了新的一天

（原载《山东文学》2016 年 2 月上半月刊）

哀 伤

林 莽

秋日的第聂伯尔汹涌奔流
伏尔加河依旧呈现出列宾时代的一片苍凉
为什么我心中总会有一丝由衷的哀伤

尽管经历了那么多残酷的年代
但他们波浪般地一个又一个地涌现
哀怨沉入了血液
坚韧　厚重地积淀为金子
是他们铸就了一个民族永恒的光芒

我心中回荡着柴可夫斯基

肖斯塔科维奇沉郁的乐曲
我心中默诵着白银时代隽永的诗句
尽管铅灰色的天空覆盖着广袤的原野
狂风吹来了西伯利亚的寒流
套鞋上沾满解冻期的泥浆
乌云再次化作了永恒的流浪者
烧焦了的木头在四一年的雪地上
在日瓦戈医生和阿赫玛托娃的笔下
我们看到了那么多满含忧伤的面容
大熊星在黎明的天空冰冷地闪烁
我想起寻找金羊毛的少年们
毫无顾忌地打开了探索未来的狂想
但我心中总会有一丝由衷的哀伤

（原载《诗刊》2016 年 5 月号上半月刊）

这世间的悲情

林 莽

这世间的悲情
我们伸手可触

时间的流水用碰撞和失败
抹去一个个不屈者的触角

我们眼睁睁地看着
那一切在不可遏制地发生

把灵魂的高贵放置在哪儿

才是身处矮檐下人们的最好抉择

有时　我们只能视而不见
用隐忍替代行为
一把利刃在胸中搅动
把热血凝结为一块喷薄欲出的石头

这世间的悲情啊
曾让多少英雄虚度时光的荒芜

（原载《草堂》2016 年第 4 卷）

在桃花镇的日子

林　莉

想想我们在桃花镇的日子
那些豌豆花的云彩和刚刚砍回来的
松树兜的香气

我们的祖母总是一大早
就挨个儿来到我们的房间
给我们送来刚烤好的红薯干

亲爱的
那里的每一天
都是我们余生里最年轻的一天

祖母还在小水沟里洗胡萝卜
父亲用自行车载着母亲从县城回来

一群群麻雀在天空盘旋
然后消失在山冈

我们像另外一群麻雀
叽叽喳喳着
我们的眼里
只有成片的豌豆花
开的那么明亮
略含年少不识的忧伤

（原载《诗刊》2016年6月号上半月刊）

山居或旧事

林　莉

松鼠、篱笆以及
老木桩上新续的茶水
我们和父亲的谈话戛然而止

这些年
我们越来越喜安居
此种朴素的岁月

譬如那刻
小镇上，暮色笼罩远处的储溪河
父亲从一个废弃的菜地里锄草归来
风把泥土的香气灌进我们的小院
我们被暮霭涂抹

像极了毛茸茸的松鼠

不开口，藏在篱笆深处

哦，松鼠毛茸茸的尾巴

寂静的尾巴

从花篱笆上落下来

我们一起沉默着

静待茶中落花，心里长草

（原载《诗刊》2016 年 6 月号上半月刊）

大雪不曾使我们短暂相爱

林　莉

连夜大雪

小镇上，雪覆盖了所有的道路

我们不得不改变了主意

屋子已被清扫

我们决定生起火炉

顺便煮好剩下的几个土豆

松木在炉火里噼啪爆裂

树丛的气味、土豆的气味、雪的气味

这一次，我们显得异常平静

我们烤着火，一边慢吞吞剥着土豆

一边看着窗外的稻草垛一点点变白

雪落在雪上

使我们变得矜持

有谁知道呢

我们曾经受的，比所有的雪都要短暂
它很快就要把我们深藏起来

（原载《诗刊》2016年6月号上半月刊）

春　夜

林　莉

水草间淤泥的气味
荒草茎秆沙沙的耳鬓厮磨声
远处，土丘上坟墓如一枚被时间
用旧掉的金戒指
在黑暗中闪着孤光
幸福，属于这些在尘世无牵无挂的人
我默默地盯住它们
不为所动，不求安慰
在这广阔的人世间
我们有类似的沉默以及阴影
唯有内心的悲欣交集各不相同

（原载《人民文学》2016年第9期）

低声说话

郁　葱

许多事情，看不清，
就不说话，

看清了，就更不说话。
圆是这个世界存在的终极形态，
但怕把话也说成圆的。
那些植物、昆虫，它们容易被伤害，
太弱小太无助，
所以你看，它们也不说话。

初夏风暖。孩子们在大声说话，
他们会说话，而我们不会了。
雾霾笼罩这个城市好久了，
见证这些是一件很无奈的事情，
所以更不说话。

见到了初识的朋友，要说很多话，
见到了熟悉的朋友，反而不说话。
早年不这样，那时候相反，
许多时候也想震耳欲聋，
可想说的时候又总是发不出声音。
觉得值得，我才说话，
我原谅所有不说话的人，
我原谅小声说话的人。
说了的话，也许就飘走了，
而真正的声音，从不发声。

年轻的时候，学着说话，
年长以后，学着不说话。
寒暑自知，沉潜、忍受、冷寂、孤独，
总是沉默，不说话。

你的深奥，我不懂，
我的浅显，你也不懂。

（原载《北京文学》2016年第6期）

虫 儿 记

郁 葱

早春的时候有柳絮，
有青绿，还有虫子，
各种各样的虫子，
钻进土里的和飞起来的，
它们都很小，小得可爱。

大概在天地之间，
人不过如虫，
甚至比它们还微小还微弱，
有时我们留下了字，留下了声音，
仅仅不过只是像虫子们身后的印痕。

那印痕没有多深，
风一吹雨一遮就消失了，
那些肤浅的印记就再也找不到，
留下的，也耐不住一夜长大的浅草。

其实更愿意像一个小虫子，
冷而蛰居，暖遂萌动，
简单寻生活，清净伴日月，
不问尘世喧嚣，只见草绿草黄。

早晨看着虫子们在树丛中的
那份从容，
就想，虫儿微不足道，
但它们未必没有大于我辈的
心胸和满足。
如此，为人足矣，
为虫，亦足矣。

我曾经在某一个傍晚看到过
人的脆弱，
风一吹，他就破碎。

（原载《北京文学》2016 年第 6 期）

麦地里的坟

陈　亮

割麦子的时候，我在麦地深处发现了
一个荒芜的坟头，如果你不仔细看
很难感觉这是一个人的坟
因为很多年没有填土，没有祭拜
经年的雨水已经把它冲垮到扁平形态
麦子几乎要将它埋没了
这时候，有一只黄嘴的鸟突然飞临
在坟顶上左转右转急切地叫喊
我示意不情愿的
收割机慢下来绕了过去
——剃头一样，麦子很快割完
那个顶着稀疏麦子的坟头

开始突兀，很像一个独门独户的小院
燥热的风，刷刷吹着
坟顶上的麦子头重脚轻地晃动
在巨大的空旷的天空下
漠漠的北平原上
显得更加孤独，无助——我想
等不了多久，雨水充沛起来，下一茬
种下的玉米就会汹涌地长满了它的周围

（原载《鸭绿江》2016 年 7 月号）

夜　游　者

陈　亮

我是个有夜游症的人，每当深夜来临
我就会拿着手电筒在北平原腹地游荡
有时候鸡叫到三遍才疲惫地归来
有天夜里，当我回过头，猛然发现
远处有个和我同样的人
也拿着手电筒和我走在同一条路上
顿时警觉起来，以为真的是
遇到了传说中劫道的贼
就自然地抄起了水沟边的一根棍子
他似乎明白了我的意思，也停了下来
就这样反复了好多次，竟相安无事
我走的时候他也走
我停下他也停下
似乎是在故意和我保持一段距离
这样又反复了好多夜晚，也就放心了

感觉这是个和我相近的人
或许也有着生的尴尬和苦闷
以后的夜晚，我们就开始熟悉了
甚至可以默契地用手电筒的闪光
打招呼了，深夜里，我们走走停停
像两颗落在草间的星星
这样持续了好久。有天夜里
我拿了两个手电筒：一个亮着
绑在了路边的树上
另一个哑着，操在我手上
我小心翼翼地向他停顿的位置
迂回地靠近，然后猛地打开手电筒
喊了声：老伙计！他怪叫一声跌撞着跑掉
我见到一个在我们村已经失踪多年的人

（原载《福建文学》2016年3月号）

秋日书简

陈　亮

我愿意永远是秋日，村庄开始酿酒
天地之间充满铺金叠玉的温暖
飘飘的大神骑着鸟兽
在山川大泽里隐现
点化着村西那个从小就痴癫的孩子
和草根处那些平淡无奇的顽石
那些流水晶莹、舒缓、凝滞地
接近了琥珀，仿佛无数吨
多情的眼神在此沉淀

野火随着若有若无的笛声静静舞蹈
青藤般缠绕着冰凉的灵魂
还有，无数沧桑的人在老树下唱歌
任凭落花纷纷，或被果实击中
头颅扩散着青铜般嗡嗡的晕眩
他们扔掉疾病，得到意外的蜜饯
我愿意崎岖里的人们
最终消除局限，纵身一跃
轻易就摘下梦的灯盏
我愿意在天黑前
看到所有的植物动物被充足了电
被从神经末梢开始
战栗着传递过来的幸福猛地点亮
这时，在苍茫的大地之上的
某个神秘角落，药草或
米饭的雾气蒸腾，你叹息着
用手轻轻掠了掠额前那缕
汗湿的头发，就在那一瞬间
有颗小星在你微曲的指间再次出现
像我的爱，孤独、贫穷，却永远闪耀

（原载《草堂》2016年第4卷）

林　中　鸟

周瑟瑟

父亲在山林里沉睡，我摸黑起床
听见林中鸟在鸟巢里细细诉说："天就要亮了，
那个儿子要来找他父亲。"

我踩着落叶，像一个人世的小偷
我躲过伤心的母亲，天正蒙蒙亮
鸟巢里的父母与孩子挤在一起，它们在开早会
它们讨论的是我与我父亲："那个人没了父亲
谁给他觅食？谁给他翅膀？"
我听见它们在活动翅膀，晨曦照亮了尖嘴与粉嫩的脚趾
"来了来了，那个人来了——
他的脸上没有泪，但好像一夜没睡像条可怜的黑狗。"
我继续前行，它们跟踪我，在我头上飞过来飞过去
它们叽叽喳喳议论我——"他跪下了，跪下了，
他脸上一行泪却闪闪发亮……"

（原载《诗选刊》2016 年 1 月号）

西山鸾鹤

周瑟瑟

在西山时，我最爱的是一条古道
自林间蜿蜒而出，上面无人踩过
至少一场春雨过后无人踩过

友人在斋堂煮茶
我在竹林里听鸟鸣

我听见的是西山鸾鹤恩爱的叫声
我听见的是两颗世俗生活之外的
清心寡欲的心

友人呀你太有福了

茅屋里的诗书与野果让你多么富有
竹林里恩爱的鸾鹤更是你值得信赖的朋友

每到下半夜，明月就会照临你的茅屋
你就会起来看我熟睡的模样
你就会轻轻念叨：告别世俗吧我的鸾鹤

（原载《北京文学》2016年第1期）

哭　古　籍

周瑟瑟

这两年我简直要被古籍掩埋了，
我半边身子在文津街的院子里压着，
伸都伸不直了，
我的腿像古树，一到下雪天就隐隐作痛。
我的脖子像北海公园一样与这座老宅子
连在一起了。好像我如果舍弃拍摄古籍
就会被司马光骂死。

其实，我最愿意在风雪天拍摄外景。
领着一群人抬着机器，
围着一美女主持人，身后的老宅子
与老宅子里的古籍就复活了。

但所有人都被冻哭了。
呜呜呜——是《史记》在哭，
是美女主持人在哭，
她哭她的台词被卡在监视器里了。

摄像师在哭，灯光师在哭，
制片主任在哭，他们哭出了声，
但遭到副馆长的制止——
"你们是摄制组，还是戏班子？"

扮演馆员的男子穿长衫，
扮演历史的风雪在北海公园飞奔。
古籍馆一座风雪满院的老宅子，
枯树林中有乾隆御笔石碑，
红卫兵砸烂后又修补了的《文渊阁记》。

这些遗物都很好，都有平静的脸面。
结冰了的北海公园也很平静，除了披头散发的枯柳。
但更加平静的是古籍，是古籍之上哭泣的脸
布满了我两年的阅读经。

（原载于《北京文学》2016 年第 1 期）

夜　风

庞　培

当两个人恋爱
风也一样吹过来——
就像重新晾洗的床单
此刻我就
在听这风声
听当年我俩邂逅
山里起风的小路

沿着树林越走越远
从风的嘴唇说出的
多么荒凉的心跳
在我耳朵里保存下来
又是多么幸福
灿烂的声音

（原载《读诗》2016年第1期）

高速江阴北

庞　培

大约二十年前，县城边上
有一片山脚下的树林
是过去枪决人犯处
我从边上走过，迟疑、慌张
因为那里极度的安静

进入茂密树丛，前方
空地阴森森。尽头
一座悬崖
地上的土坑深浅不一
连鸟儿也远远地躲开

在这里，我的散步
变得怯懦；身体
好像被灭口，被回忆掏空
我好奇的脚步，像猝不及防
射出的子弹，带来剧痛……

没过几年，南北两岸
建造长江大桥。工程队进驻
这片空地矗立起喧嚣的
水泥引桥。山体做了桥墩
昔日的刑场，已成高速公路入口

（原载《读诗》2016 年第 4 期）

治多县夜空

庞　培

我觉得我欠这里的夜晚一次旅行
不是今晚，不是早晨酒店醒来
去卫生间
想起外面草原
我的那次旅行，被迷失在时间、人生
尘世的深处。这个高海拔凌晨的
玉树州治多县仿佛浩瀚星尘中的
一双眼睛，看着我人生的整个黑暗
看见我来到哪里？曾经经历过什么？
各种命运。水池哗哗响的水声
黄河、长江、澜沧江在我头顶
等在酒店门外的，却是一次
错误的经历
我不该这个时候来，草原
在你最破败、凄惨的时辰
骑马的康巴藏民把马儿拴在了
带有铁丝网的围栏木桩上

西天取经路上的唐僧玄奘

被一辆高寒的油罐车吸引目光

清晨，正倾斜过车身缓缓转弯

山是蓝的，在一颗晨星的隘口

我不该作此瞭望。山谷上空，月亮拉开的窗帘

看到了县城街道

贫病交加的颜色

我划亮一根火柴，仔细辨认

我放下的行李中，没有一件

关于你的经文。唐蕃古道的治多县

美丽的通天河

（原载《读诗》2016年第4期）

甘南一夜

武强华

深秋，在甘南的某个小镇上

凌晨某刻，一个叫阿桑的流浪汉

在街边醒来，突然看到自己的身体

一团火，正在熊熊燃烧

他吓坏了。以后无论他躲到什么地方

醒来时都会看到周围人们惊恐的眼睛

他筋疲力尽，快要疯了

分不清自己是佛还是魔

每个晚上，他都想

浇灭自己身体里的火

或者干脆杀死自己

这是藏人扎西讲给我的故事
我讲给舒听。这时
正是深秋时节，在郎木寺的一间小客栈里
只有我们两个女人，围着火炉
舒说：这么冷，为什么不喝一杯呢
出去买酒。月光很亮
山坡上的寺庙已经睡了
山顶上的天葬台和月光一样，白得一丝不挂
我们不知道会不会遇见那个身体着火的人

每人二两青稞酒
躺在客栈二楼小木屋的床上
乘着酒意
我们第一次说起
那些想和我们上床的男人

——他们
或者其中的一个
如果半夜醒来
看到身体里的火
会不会产生杀死自己的想法

（原载《诗探索》2016 年第 4 辑）

山 色 尽

武强华

黄昏
女人脱掉衣服，在河水的源头俯下身子

山褪掉豹皮，袒露出腹肌和胸部的肉
野兽只能在远处观望，却不能去打扰
这近乎野蛮的仪式……
这一切与神无关
但令兽类最原始的欲望
也感到惊惧

（原载《诗探索》2016 年第 4 辑）

拒　　绝

武强华

起身离开的时候
一个男人挽留了我
多么及时
夜色还未抵达深渊
酒精还未将我麻醉
众人关于生活趣事和文艺创作的主张
才刚刚使我感到厌倦，他刚好
给了我一次说不的机会
让一个在饭局上沉默已久
如坐针毡的女人
轻而易举地
通过拒绝一个男人
拒绝了整个世界
强加于她的全部理论

（原载《诗探索》2016 年第 4 辑）

两根甘蔗

赵 青

两根甘蔗在墙角
仿佛当年的你和我

那年暑假
参加中学生篮球集训
离驻地不远
有一条水流湍急的小河
蜀地的夏日
正像施耐庵所说
"赤日炎炎似火烧"
在那个只能用蒲扇纳凉的年代
虽早已明令禁止
可下河游泳的念头
仿佛我们手中的篮球
越向下拍打
就蹦起得越高

这天中午
队友们终于忍不住来到河边
刚游了没多久
忽然有人大叫"老师来了"
顺着手指的方向望去
几个教练正朝这里赶来
我们慌忙上岸
躲进河边稀疏的甘蔗地

斥责声越来越近
同伴一个个被发现
我下意识地抓住你的手
你笑着在我手上轻轻按了按
示意我留在原地
然后像《水浒》中的好汉那样
大摇大摆地往外走

你的掩护最终没能奏效
整个下午
我们并排在墙角被罚站
犹如烈日下毗邻生长的两根甘蔗
外表黝黑
而内心
却充满甘甜

（原载《诗探索》2016年第3辑）

落日西沉

赵　青

在离地近500米的观光天阁
我和同桌停止交谈
落日西沉
黄浦江像一条灰色的带子
把此刻和35年前
扭结在一起

那时　在沱江江岸高高的草坡上

她正不停地折磨

我们身边的一棵芭蕉树

夕阳就要沿对岸的山脊滑落

一只叽叽喳喳的麻雀

刚落到不远处的山石上

随即又飞远

她把嫩绿的芭蕉叶

撕成窄窄的一片一片

越来越浓的苦涩

在我们之间弥散开来

我和她都知道

被一点点撕碎的

不仅仅是碧绿的芭蕉叶

可在那个落日西沉的时刻

我们谁都没有打算

先开口说话

（原载《诗探索》2016 年第 3 辑）

登越山记

胡　弦

我上山，想看看某人的庙，某人的坟，

某人赋闲后，怎样种花，饮茶，消磨戏文……

某块顽石无名的孤愤。

在山顶，我想看看那曾在此远眺的人。

想我，也是这人间隐名

埋姓的王。而你曾是小妖，救国救民也祸国殃民。

一夜风吹，松针落，花雕和老圃安静。
——且把棘手的前生放在一旁，
我下山来：你已梳妆毕，正在山脚下等我。

（原载《读诗》2016年第2期）

仙居观竹

胡　弦

雨滴已无踪迹，乱石镇住咳声。
晨雾中，有人能看见满山人影，我看见的
是大大小小的竹子在晃动。
据说此地宜仙人居，但劈竹时听见的
分明是人的惨叫声。
竹根里的脸，没有刀子取不出；
竹凳吱嘎响，你体内又出现了新的裂缝。
——唯此竹筏，把空心扎成一排，
产生的浮力有顺从之美。
闹市间，算命的瞎子摇动签筒，一根根
竹条攒动，是天下人的命在发出回声。

（原载《读诗》2016年第2期）

在　南　京

胡　弦

在南京

我喜欢听静海寺的钟声。如果
稍稍对喧哗做出避让

比如避开八点钟
我会去颐和路，或珞珈路上走走
我捡拾过落叶，时间夹缝中
身份不明的人寄来的信函

有时在旋转餐厅上
俯瞰，城市如星空，那些
或明或暗的中心，都在旋转，缓缓
发生位移

在江边，在石象路上
眼前的事物，总像带着无法估量的远方
眺望钟山，那亭台、苍翠峰顶
仿佛就是世界的尽头

（原载《人民文学》2016年第11期）

林　　子

柳　沄

北陵公园里
有一片很深很茂密的林子
茂密得除了柞树、椴树以及
三百多年树龄的松树
不肯再容纳任何东西

它们不仅学名不一样
枝条和叶子不一样
当风经过这里时
就连晃动的姿势
也有些不一样

所有这一切
使它们聚在一起的同时
又沉迷在各自的世界里
时间久了，除了根深叶茂
我看不出它们
还有别的愿望

时间久了
它们更加不一样
并且越来越不一样地承受着
一样的霜雪一样的风雨
这很像我和我周围的同事
——一直吃着一样的粮食
却成为不一样的人

我在心里说
知道这些就够了
至于有关树的知识或学问
则是多余的

（原载《读诗》2016 年第 2 期）

醒来之后

柳 沄

半夜里醒来之后
就再也睡不着了

我很轻地来到书房,很轻地
坐在,白天坐过的椅子上

由木头做成的椅子,已经
很旧了,却仍跟木头一样硬

我的骨头开始隐隐作痛
是椅子不知道的那种痛

我调整了一下姿势,继续坐下去
就好像我从来都没有离开

时间簇拥过来,随后
众多的往事簇拥过来

同昨晚一样,书房里
静得足以使灵魂出窍

事实是,我的灵魂,常趁我
吸烟时随烟雾一起蹿出来

许多时候,我坐在这张木椅上

仅仅是在耐心地等它回来

现在，被木头硌痛的骨头
已痛得不痛了……

（原载《读诗》2016年第2期）

代　销　店

侯　马

村里来梨了
我从家里拿了几枚鸡蛋
跟爷爷去代销店换梨
爷爷去村口尿一泡
等他回来
我已换完
站在代销店门口
我手里的鸡蛋变成了一颗梨
比一枚鸡蛋大不了多少
我记得那晚冷
记得爷爷沉默
他没想到只换到一个梨
他觉得我可能被欺负了
他可能后悔不该谋算让我吃梨
不该去尿尿
那只梨的下落我丝毫不记得了
梨子的味道
丝毫不记得了
生理的记忆没有

关于味道的判断也没有
记忆是个不公正的法官
总是判决失望、屈辱、落寞赢官司

（原载《诗训》2016 年 7 月号上半月刊）

警察博物馆秋日即景

侯 马

院内银杏绿叶犹存
街头银杏已满头金发
黄裙曳地
东交民巷似有警报后的沉默
她抬头望着这大理石建筑
用手机拍下照片
当年
她一定是个美人
呵不，她并非青春消失
而是未能堆积出岁月的美

（原载《读诗》2016 年第 2 期）

红 灯 区

侯 马

出了阿姆斯特丹火车站
我绕过性博物馆
去活色生香的红灯区

我肯定看到过橱窗里的
各色佳丽
但忘不了的是一个黑女人
她富得就像一座煤矿
仅仅看一看
连我饥渴的碗柜都塞满了
而这样的女人有一排
在偏僻一点的运河岸上
其实我真正忘不了的
是一个读书的姑娘
她专注地盯着一本厚厚的书
褐发静垂，端坐橱窗
我无从猜测她是真在阅读
还是她的推销术是阅读
无从猜测
她的心思在岸下默默的运河
还是在岸上缓缓流动的人河

（原载《读诗》2016 年第 2 期）

乙　未

侯　马

一年将尽
伊沙在微信里讲
他渴望收获一组好诗
为 2016 年的新诗典
来个高开
我放弃乘车

步行去参会
打算在路上
想想这个问题
东交民巷的西式建筑
门前总会见到几个
举手机拍照
或写生的人
圣米厄尔教堂
枯枝已遮不住它的秀姿
法国邮政局久已无人来信
所幸也无拆迁之虞
浆涂的灰墙皮脱落了
江米巷露出风蚀的青砖
建国后栽种的槐树也已参天
冬日如常
我想起同城的诗友
老唐欣和沈浩波
也看到微信留言了吧
我们各据一隅
如此少聚
正像我面前的这座过街桥
白天挤满小贩、病人和过客
夜晚只有几袋融雪盐
静静地堆放着
准备迎接一场大雪

（原载《读诗》2016 年第 2 期）

洛尔迦故居

姚　风

抵达格林纳达，已是华灯初上
街上，少女们头插鲜花
向着最璀璨的地方奔去
太阳，或者月亮
总会给她们一个理由去狂欢

而洛尔迦在哪儿
银子和露水都应该是冰凉的
即使有阳光，也是冰凉的温暖

在白色和阴影的房舍
你就是用这样的目光问候了我
窗外，远山顶着白雪
却折射着六月的阳光

你曾饮过的溪水继续流着
它流过你诗歌中的卵石
漫过我的唇间
直到蓄满心灵的池塘

必须像水一样爱你，因为你是水的儿子
因此，你的死亡是那么小
小过你诗歌中的一个逗号

（原载《诗刊》2016 年 5 月号上半月刊）

兴　华　寺

姚　风

为什么菩萨
都供奉在远离尘嚣的山上
端坐于莲花宝座，神态安详
而不像耶稣，表情痉挛
在十字架上流血受难

我陪你拾阶而上
终于看到菩萨身披黄金
在俗世的烟火中
射出耀眼的金光

你向菩萨奉香祈愿
我却没有俯身，只想走进围栏
把菩萨请下宝座
与她一起凭栏远眺
这人间起伏不平的群山

（原载《读诗》2016 年第 2 期）

萤火虫山庄

姚　风

萤火虫是革命者，它们以暴力的形式
吃掉其他虫类，获取了自身

然后廉洁地啜饮露水，积攒光明
只为在七天之内
点燃自己的生命，照亮人间

但阳光多么明媚，我们没有看到萤火虫
或许它们正躲在暗处，准备着地下革命
等待我们夜晚来此接头，但蚊子肯定特多
而白天，苍蝇也不少，把我们的头颅
当成小小寰球，嗡嗡叫

大诗人另有雕虫小计。一手写诗
一手竟抓住了苍蝇。而另一位新婚诗人
不再朗诵：今夜我请你睡觉！年青的老板娘
停止夸耀自家的咖啡，把端来的拿铁
命名为"像艳遇一样忧伤"

（原载《读诗》2016年第2期）

纠　正

娜　夜

我一边责备他们
怎么可以把斯特劳斯跳成这个样子
一边纠正自己
对这个时代和广场的过分要求

时间继续向前
我站下来回忆
第一个和我跳施特劳斯的人

很细的腰
很羞……我　还记得！
我已经允许自己忘记
那些以为一辈子都不会忘记的

只有遗忘的人生可以继续！此刻
我需要经过这条路回家 1945 年
老斯特劳斯需要自我流放
到瑞士：音乐是不会死亡的！
一个时代需要经过它必然的雾霾
他们街边的舞步需要一盏戴着口罩的路灯
有一刻　我流下了路灯的眼泪：
没有幸福的脸
只有带着伤口滚动的露珠

（原载《六盘山》2016 年第 2 期）

涌泉寺祈求

娜　夜

让孩子们呼吸无毒的空气
喝干净水
神啊　让世人掏出自己的心肠
洗一洗

让后面的人吃从前的食物
用从前的月光
从前的秤砣

睡得踏实些吧

你允许世界辽阔　举目无亲
你不允许的诗人和麦粒也已万念俱灰

（原载《六盘山》2016年第2期）

回　家

莫小闲

我总是去一些陌生荒凉的地方
发着呆，想着心事
不知不觉待到天黑
天色黑下来，我就开始害怕
四周无人我就更害怕
一害怕我就跑了起来
我的狗也撒起脚丫子跟着我跑
跑过那一片最荒凉的夜色
跑到我认为安全的地方
我们一起停下来
再假装悠闲地走回家
我知道我的狗什么都不知道
我知道你什么也不知道
在每次回家之前
我要经历多少荒凉的夜色呵
在抵达你的怀抱之前
我曾恐惧、紧张、怀疑
也曾一个人咬牙切齿

对你恨之入骨
却从来不曾有过绝望

（原载《星星》诗刊 2016 年 1 月上旬刊）

一个人的东江大桥

莫小闲

一个人的东江大桥
属于黄昏，晚风。孤零零的
东江大道上，两行并排的树木

一个人的东江大桥
属于非法流窜的摩的司机
吊儿郎当的社会青年
经过我的身旁，抛来挑逗的眼神
让我心头一紧

一个人的东江大桥
属于天上那轮淡淡的新月
属于路边挑着箩筐卖黄皮的本地大婶儿
属于一位走在我前面，两手空空的老人
她似乎什么牵挂都没有
什么也不害怕

一个人的东江大桥
属于摄影家。有美感但不属于诗人
警觉与惶恐笼罩了所有

就像暮色越来越重，脚步越来越快

一个人的东江大桥
假如坏人突然出现——
我一定宁死不屈，负隅顽抗
假如有人此时说爱我
我一定双手投降，并恸哭流涕

（原载《星星》诗刊 2016 年第 1 期上旬刊）

鱼　刺

莫小闲

吃鱼的时候
一根鱼刺卡在喉咙
吐不出
也咽不下
喝醋
吞白米饭
各种方式都尝试过了
吃尽苦头
去医院才取出
医生说有人
因鱼刺丧命
其实我多羡慕
鱼在光滑的肉质中
暗藏兵器
我徒有光滑的外表
与柔肠百转的内心

对我的敌人，我的爱人
我都缺少一击致命的锋利

（原载《星星》诗刊 2016 年第 1 期上旬刊）

乙未年重阳偶书

荫丽娟

为什么总是一不小心
就站在生活陡峭的边缘。
那些愿景，春天种下的种子
没有发出嫩芽，更没有在秋天的枝头结成籽粒。
我甚至都
无法拨亮尘世间的一盏灯火
照料不好从身体里开出的一朵小花。
遇见的一些事物，还来不及深爱
它们就已经老去。
心中蓄养的山山水水，也曾无限地珍惜。
我这糊里糊涂的前半生
我这没有能登高望远的前半生。

（原载《诗探索》2016 年第 1 辑）

我是秋风中那个望星星的人

荫丽娟

我是秋风中那个望星星的人。
向着更高更迷人的地方

那微凉的熠熠明光

感谢命运把我安放在暗夜，深的秋天里。

我的春天和一朵昙花，比邻而居

那一瞬间的美与痛，是一生珍藏的黄金。

我是秋风中那个望星星的人。

长发齐腰时，我把一颗种子种在秋风的呜咽里

把一首诗放在孤单冷清的光影中。

如今，我的黑发过早地被猎猎秋风吹白了少半

墙壁上的钟表发出不紧不慢的催促声。

我仰望的一颗星呵，依旧隐匿在浩淼的银河

春天的莹露，秋天的寒露

和一只酷似她的萤火虫，都无法替代。

（原载《诗探索》2016 年第 1 辑）

一朵秋天里的野菊花

荫丽娟

或者，我更像一朵秋天里的野菊花

安于宿命，兀自开放。

脚下的泥土，暗藏着浩大的白霜

薄如凉水的情事，生活的芒刺，冷风。

就算这样

我还是要对一场虚张声势的雨水，致以敬意

对一次远离天空的飞翔，致以敬意。

比春花、夏花更为寂寞、寒凉的境遇

其实是人生极好的颂词。

在没有月亮没有星星甚至连幽暗都缺失的晚上

一朵秋天里的野菊花　万物渐枯时

用几瓣瘦弱的花叶，练习活下去的勇气。

（原载《诗探索》2016 年第 1 辑）

偷得浮生半日闲

荫丽娟

哪里有半日之闲。中年的生活是：
一点点加温的水
一点点加重的包。
秋天的景致此时已行走在另一条小路上
远天越来越空洞。
我的一百个旧身影互相重叠，在十字街口
我的一百个金色念头离开了枝头，四处飘零。
浮生究竟是怎样的人生境界呵
事实是
我陷入了一盏尘世灯火的明暗中
我背负着所有情感的砝码，在岁月的河流里
左右摇摆
随波飘荡。

（原载《诗探索》2016 年第 1 辑）

浮桥上的月亮

聂　权

再没有比它更高的浮桥了。
而人们忙忙碌碌，只顾

重复每日脚步。但还是
有人
仰头，注意到
那轮红色的月亮
它竟然那么大那么圆
散发与现实对应的
梦境一样的光彩——
兴奋地，对身边的男孩大叫了一声
把手指向了它

（原载《诗探索》2016年第4辑）

四个人的下午

聂　权

一个女孩
在六年前的出租屋，我的隔壁
门前站着，敲，咚咚，噔噔
一个下午

昏黄的光线煎熬而又漫长
像炒锅煎煮小黄鱼。
数次探头，看到她马尾辫的油亮

"我知道你在里边！"有时她发出呼喊
而里边的两个人一声不吭

忽然想起她，是想起
她的伤心、绝望和坚持

是基于
多美好的一份情感的
不死心和期望

（原载《诗探索》2016 年第 4 辑）

春　日

聂　权

我种花，他给树浇水

忽然
他咯咯笑着，趴在我背上
抱住了我

三岁多的柔软小身体
和无来由的善意
让整个世界瞬间柔软
让春日
多了一条去路

（原载《诗探索》2016 年第 4 辑）

理　发　师

聂　权

那个理发师
现在不知怎样了

少年时的一个
理发师。屋里有炉火
红通通的
有昏昏欲睡的灯光
忽然，两个警察推门
像冬夜的一阵猛然席卷的冷风

"得让人家把发理完"
两个警察
掏出一副手铐
理发师一言不发
他知道他们为什么来，他等待他们
应已久。他沉默地为我理发
耐心、细致
偶尔忍不住颤动的手指
像屋檐上，落进光影里的
一株冷冷的枯草

（原载《诗探索》2016年第4辑）

人民广场的樱花又开了

高　文

人民广场的樱花又开了
花朵像翅膀飞过眼睛
夜光里，人们纷纷来到树下
拍照，遛狗，放风筝
一阵南风吹过来，人们的惊呼声中

花雨纷飞，两个小女孩
忙不迭地拢着小手，捡拾花瓣
我对 19 岁的女儿说
这是单瓣樱花，开得早
你回学校时，替我去看看洪楼樱花
多瓣的，盛开时像一个温暖的故事
"那棵让我感动的大树，也该开花了"
女儿漫不经心地答应了
我却沉默了好久——
其实，她去看了也不一定感动
对每个人而言，有故事的花开才叫美丽

（原载《山东文学》2016 年 7 月号下半月刊）

半山之上

高　文

坐在这半山之上，隔着一壶白茶，落地窗
看南山在秋天下加深着白露
山楂树、苹果树、枣树、梨树、桃树们
不忘怀揣粮食，喂养山下次第升起的炊烟
那些国槐、栾树、黑松、白杨、青桐和紫楝
举起一缕缕秋风，把小城的翅膀交给远方

城外，东篱秋深，覆盖了道安门和整座城墙
覆盖了那么多对月长啸，把酒纵诗
秋天的下午，这座我穿行多年的山啊
像极了一个相忘于江湖的兄弟
对坐乡关日暮，不知话从哪里说起

在这半山之上，倾听山林传递城内的音讯
该有多少岁月浮沉，被首阳塔折叠在山顶
秋已凉，我手中的茶水，浓来淡去
直至清澈为远山的西涧，草堂，麓台秋月光

（原载《山东文学》2016年第12期下半月刊）

荒芜

高　文

即便是荒芜。人们也会记得
樱花、紫藤，地黄抑或酒壶花
风吹来时，它们纷纷落在平原上
——多么盛大的落幕
却有着完整的开头和结尾
那只云雀就是这时候被淋湿的
它衔着一枚花瓣
飞出小窗，飞入篱笆外
一片微醺的时光
河边，春天正在开窖
香气布满草地、树林、彷徨的街口
我离开人群，走过麦地
黑陶罐只穿着麦芒和红肚兜
像酿酒匠献给粮食的民谣
大地的酒杯空空如斯
整个夏天，青草覆盖了词语
如同一个人用思想替代情感
岸上，树叶提前成熟

鸟儿扑打着翅膀，把一条河流带走

（原载《山东文学》2016年7月下半月刊）

枣林落日

高若虹

落　再落
一滴血　从打枣人手指尖
缓慢地落
更具体地说　是一只被红枣映红的喜鹊的眼
在枣林　眨了一下　又眨了一下

它看抡圆的胳膊落下
看打枣杆落下
看沿黄公路上一辆长途大客车　两辆小汽车　三辆摩托车
如风吹的叶子　从远方的枝头飘落

我是和枣林一起抵达黄昏的
我知道　我正被落日缩小　再缩小
小到一片叶子　一颗枣　一根枣刺
小到一只回巢的蚂蚁
匆忙　孤独　还有一滴暮色的哑默

这小小的茂密和宁静
我喜欢着　如喜欢逗号样过滩上坡的二嫂　二哥
而我更喜欢　在这凝重的枣林里
先扬手拍拍一身尘土
再弯腰　提起有些变冷的

被人遗忘的两手暮色

（原载《地火》2016 年第 2 期）

婆 婆 丁

高若虹

是三月　我走过黄河滩
几只羊　几块随意摆放在河滩上的石头
有一口没一口地啃食着摇曳的枯草和风
更多的时候　它们一声不吭静静地站着
两只黑黑的大眼　凝视着晋陕峡谷狭长的远方
仿佛被山西陕西的黄土峁合力挤成一条线的远处
有什么在等着它们　或者有什么值得它们认真地想

而一株卑微的婆婆丁　竟鼓足勇气吹开了一朵金黄
这意外的黄　小小的黄　大胆的黄　照亮了黄河滩
亮亮的像一颗铜顶针大的太阳

不远处　刨地的三婶抡圆镢头
一镢一镢　把新鲜的泥土翻上来
她比土坷垃还要矮　还要老　还要粗糙的身子
阳光下　更像一只劳动的黑甲虫

新翻的泥土上　一个五六岁的孩子也用两只小手在刨
他豆芽样的身子站起又蹲下
恍如春风吹拂着一叶不知安分的刚出土的小草

看那样子　他没有听见那朵黄黄的婆婆丁
在轻轻地喊他。

（原载《地火》2016 年第 2 期）

一枚死者的硬币

高建刚

在小区超市买鸡蛋时
肥胖的老板娘找给我一元硬币
第二天，它成了一枚死者的硬币

不知为什么
我一直保留着它
隐约感到它的含义
一旦花出，就掉入人海里

她生前不懂得爱世人
常在收银台里口出秽言
曾找给我一张二十元假币

我忽然想到，我钱包里的人民币
会不会也来自一些死者的手里
如此，我们一直受着冥界的支配

于是，我在乘公交车时
将这枚硬币郑重地放入投币箱
听见它叮叮当当落入海底

终点站到了
我从后门下车，想起
邻居说她，临终前流下了眼泪

（原载《山东文学》2016年9月半月刊）

在剧场的一次闯祸

高建刚

零下十度的人们
在剧场里取暖，舞台上
有半裸的诗剧

而
我在楼顶隔着玻璃拍雪景
终于打开天窗
却关不上

雪花一朵朵飘落干枯的木地板上
一滴滴湿痕仿佛上帝的指纹
让我不安

剧场越来越冷
有人打喷嚏
有人裹紧围巾
而我混进观众里

感到上帝的手指一直摁着我的心

让我挂着相机的头难以抬起
就像那个裸体的剧中人

（原载《山东文学》2016 年 9 月下半月刊）

垃圾桶边的一只狗

高建刚

冬天里最冷的一个夜晚
我提着一袋装有兽骨的垃圾
从母亲家出门，风很大
它要收走世上所有的东西

一只叫不上名的黄狗
躺在垃圾桶边
眼睛睁着，一动不动看我

我不敢接近它
不知它是死是活
要我救救它
还是对人类已经绝望

我隔着老远将装有兽骨的塑料袋
投进垃圾桶
一边往车站走一边回头看着
这么冷的天
它躺在那里定是活不了多久

多少年过去了

我忘记了多少人间冷暖
却忘不了那双看着我的眼睛

（原载《山东文学》2016 年 9 月下半月刊）

渔　网

离　离

第一次见到的渔网
是被一个渔民背着
走向大海的
我跟在他的身后，风吹来很浓的
鱼腥味
不难想象，他每天也都是这么
把渔网背着回家的
鱼儿逃不出网
他的一天才是完整的

我真愿意那么跟着他
除了眼泪，我对水充满敬畏
我甚至愿意
鱼一样深情地望着他
那时候我正处于情感的低谷
我迷恋一双男人的手
在我绝望的时候宝贝一样捧着我

（原载《山东文学》2016 年 9 月上半月刊）

每天消失一点

离　离

想通了，就不感觉到恐惧了
我们每一天
都在消失一点自己
前些天参加的一个葬礼
多年前就和我们有关
那个日期，也不是一下子
才靠近的
就像下过雪的冬天
雪不是一下子就堆积起来的
风刮走一点
鸟啄去一点
迎娶的鞭炮炸飞了一点
每个亲人的脚底带走一点
都是可以原谅的

（原载《山东文学》2016 年 9 月上半月刊）

天空越蓝，我就越想亲人

离　离

出门时
不用回头，我知道那些蓝
都在我的身后

它们突然在我眼前出现时
我正躺在外地的草场上
那些曾经感动过我
还想再一次
将我俘虏的蓝，这些魔一样的蓝
沉默不语的蓝
不关心人类的蓝
仿佛只和我纠缠的蓝

离开故乡多日
看见它们就让我思念亲人的蓝

（原载《诗歌风赏》2016年第3期）

春恩浩荡

唐小米

母亲为花草浇水
父亲种菜
燕子飞回，在屋檐下寻觅旧巢。
春恩浩荡
我不知该感谢什么，感谢谁
我曾以岁月做借口
骗了九十四岁的祖父
我念十九岁时写给他的信
让他误以为，他只有八十岁
还能再活十年
如今又过了三年，他还坐在

墙根下晒太阳。

我还以麦子为谎言

骗过几只家雀

我用网捉住它们，随即放了

这城市的天空中

它们盘旋又归来，原谅了我。

一个月前，我们还穿着北风做的衣服

而月季，穿着稻草

现在，它要开花，并长出小刺。

我希望母亲继续操心她的花草

父亲更胖些

在这春日的午后

冥冥中有轰然而来的不可知的力量

正击中眼前的一切

正在普照他们。

（原载《扬子江诗刊》2016 年 4 月号）

一头牛在荒野里吃草

唐小米

它先是背对太阳吃

后来，用犄角顶着滑下来的太阳

荒野里有很多草

荒野里的草长得很高

它吃得很慢

它不像是在吃草

它像是在吃草上的阳光

（原载《诗刊》2016年3月号下半月刊）

春风来了，它也不绿

唐小米

一根倔强的老芦苇
春风来了，它也不绿
是的。很多时候，不是说绿就能绿的
有些芦苇，一辈子高举着白旗
时间一长，白旗脏了，它们就举着脏脏的白旗
有些已死去多年，死了
依然举着白旗
这身影令人动容
仿佛它们举着的，不是归顺的白旗
是为一条大河招魂的经幡。
大地上，有多少条河，就有多少老了
也不肯倒下的芦苇，一路跟随着，一路叫喊
仿佛东去的，不是一条河
而是一群游子
仿佛喊魂的，不是一根芦苇
而是世代守着故乡的父亲
仿佛落在他们头上的，不是风霜
而是一年又一年立春前的大雪

（原载《山东文学》2016年4月上半月刊）

秋雨后的西山

海 城

一场秋雨后的西山，
彻底交付了，
为数不多的蝉鸣。
相互串连的寂静，
装入一只只山石的罐子，
谁也别敲碎它，
让小径乱了方寸。

一棵棵黄栌的守望者，
好像是陶醉了，
由绿转红，顺从了秋天的美意。
叶梢悬挂的水滴，
坚决不落下，它要赢得时间，
为天空里的老叟，
写下告别辞。然后，扑向大地的纵深。

不会悲伤的林声，
与鸟鸣合奏，
这其中，混杂着生存的颂歌，
和季节的贸易。
不必询问了，
一条空谷的祠堂，
每一根探头的老枝，
都仿佛是活着的祖先。

山中采蘑菇的人，
像一个单纯的探子，在林中搜寻。
行走于雨后的石径，
听水珠坠落，清朗的心绪浸入彩虹。
随目光追踪青峦，
一句忠告挂在远处——
谁浪费了西山的秋色，即是罪过。

（原载 2016 年《北京作家》第 2 期）

为灵魂作主

海　城

我反复吟咏的西山，
私赠了秘密。
它几乎完美，更是宽宏的，
原谅我的神经质和许多败笔。

我是它春意荡漾的私生子，
一颗赤子之心，
受山光水色的熏陶，
用露珠的语言，替草木说话。

无邪的秋花，
从不说谎；忠实于美，又不被美所谋杀，
这四季的钢丝，
每一步，需保持内心的平衡。

过期的颓废，
戴着面具，诱拐我与山水的蜜月。
嘿，请滚开！
我以欢欣之名，与你绝交。

为灵魂作主，
当然会艰难，钟爱西山，
就是不做它的叛徒，
于尘霜里，续写每一岁光明的诗篇。

（原载 2016 年《北京作家》第 2 期）

念及一场雪

流 泉

在冬天
我所在的城市
很少能见到有一场像模像样的雪
……之于雪的期待
也就不是一般意义的期待了
若用"殷切"来形容此间心情，我想"热望"这个词
似乎更妥帖

很多时候
我会将雪比喻成玉，水晶
更美一些，我则把它比作——爱情
这尽管落俗，但我愿意
我对爱情之热望

与对一场雪的飘飘洒洒之热望是一致的
我喜欢她妖娆
纯净

北风，年年有的
我惧冷就有点不喜欢北风了，它刮起来肆无忌惮
凛冽多了几分
人就仿佛矮了几寸
若雪花一定要由北风陪伴
那我也只好躲在一轴夏天的画卷里
去看雪了

（原载《中国诗歌》2016年3月号）

薄　暮

流　泉

这该死的公牛
又浪费了一天的草，年轻时
可不这样

你的注意力似没放在公牛身上
也没放在我身上
只是看了看天。顾自嘟囔——
瞧，这薄暮
多像野草堆，风一吹，就散了

是啊，风一吹就散了
但这该死的公牛，不看天，也不看我们的野草堆

它不把秋野当人间

——嗨，这人间

（原载《文学港》2016 年第 3 期）

月光下回乡

谈雅丽

趁着月光回乡，妈妈
朗月轻柔，恰如落在我们间的一场小雪
从省道拐进乡村，后视镜看见隐绰灯光
——梦中飞腾的萤火虫

我看见你站在暮色中，夏天蚊虫飞舞
你着急去代销店为我们买一瓶凉茶
着急切开冰镇西瓜，冰凉的甜
刹那流进我所经过的浮躁生活

我们随意说说近况
你血压偏高，喉咙发炎，身体不好
你一天天衰弱，不再染发
头发如落雪的富士山
心脏长期服药才能保证完整的动力
小镇电力不稳，空调没法启动
陪你坐在转动的电风扇下聊天
你说起死去的外婆，双眼忽然湿润

妈妈，过会儿我将趁着月光离开

我把你们独自留在空寂的小镇
一盏盏微弱的路灯即将熄灭
好在我还有满天的月色照路

好在我还有你们——
谢天谢地，月光下的天使啊
你要让我们相聚得更加长久

（原载《山东文学·上半月刊》2016年3月上半月刊）

草 木 缘

谈雅丽

我进入一个故事最低潮的部分——

泉水在铁壶里沸腾
面前十只青花瓷碗微光闪烁
代表了我们相逢的岁月

一棵老茶树，就要将青翠的时光沉淀
那年茶树上，也许落过一只叽喳鸣叫的金雀
或者是茶树下吹箫的你
又或者是夜露流岚，我喜欢有那么一刻
微雪降落，染白我们中哪一位的发鬓

或笑或泣的我们
铁壶在唱歌，一匹白蜡色的马
奔跑进玄青的瓷碗，我看着你眼里晶莹的部分
疑是泪水泛滥——

雪在融化
微风吹过
星辰落进茶碗，泡出一杯诱人的金红

《石头记》记载过一株仙草
我记得前来灌溉的侍者是情圣
我记得一眼泉，泉边的茶树
他回头深深看我一眼，不觉时光流逝

不觉时光流逝——
围拢过来的饮茶人
一只递过来的茶碗，装满苦涩过后的
微甜

（原载《诗探索》2016 年第 4 辑）

银 杏 树

谈雅丽

我触碰到了古老的时间
飞舞的光线，心碎的亮黄
那个深吻过我的人，仿佛就在树下
大地上落满温存的轻风

此刻有一辈子那么长
银杏一寸寸生长，磨擦着粗糙的树皮
深埋在地下的根须预感到，即将抵达的月光

这里是安静的，最细小的呼吸都能惊动叶片

长出蜉蝣的翅膀
此刻纷飞实际是一种荡漾
在我们所经之处,有三棵银杏树

一个又薄又小的村子
把金黄的脚伸向天空
仿佛在天空,又或者在浊黄的江水之上
行走

（原载《山东文学》2016年3月上半月刊）

布谷鸟的叫声

黄 浩

今晨的布谷鸟有些不对劲
一个劲地叫着,叫着
她似乎要把心底的忧伤
哑哑地,一股脑全吐出来

往常我躺在床上
听她的叫声干净清爽
时远时近,的确是些美丽的声音
现在,叫声越来越远
不像是记忆里的布谷鸟
这么好的春天它都不想要了
它究竟要去哪里?

春色在加重,暮色在加重
我趴到窗上,细雨朦胧

遮住雨的屋檐却遮不住我的忧虑

一九九三年，诸城之忆

黄　浩

一九九三年的诸城，怎么看也像个巨大烟囱
咕噜咕噜到处冒黑烟
大华岭是一道不可逾越的屏障
我时常被一群小痞子撵得落荒而逃
那年春天流行一首叫作春水流的歌曲
此时下海捞鱼摸虾的人日益增多
街上充斥着假货，龙城市场无比繁荣
夏天，我们在地摊上吃蛤蜊喝啤酒
爱情变得混沌不清，旧人离开
新人却也狂热

一九九三年，我初入江湖的大染缸
秋风一起，我便五颜六色
一场雪下来的黄昏
我骑着山地车走在扶淇河畔
河里的芦苇晃晃悠悠，呜咽声起
是不是在嘲笑我，从此再也回不来的天真

秋　风　起

黄　浩

我无法叙述秋风的模样
就像无法说出我为什么会在秋天忧伤
田野里空空荡荡
潍河滩的芦苇一片苍茫

大雁已经南飞
我赤着脚站在村口
一遍遍地大喊着：起风了
却没有人应答
因为村庄已经空了
如今，只有眯着眼睛的老人
狗和越来越慢的时光

（原载《诗探索》2016年第2辑）

故　乡

黄　浩

我爱着这个村庄的一草一木
沟沟岭岭，老少爷们
爱着我的恩人，也爱着曾经结下仇怨的人
活着的人在村里继续他们的爱恨情仇
死了就埋在村后的北岭
那里草树丰茂，水色素白

飘着布谷鸟的叫声

有时候离开村庄时间久了

我会蜗牛一样慢慢地查看

村庄变了没有

我要努力看清它的面容

这些年，我不敢做坏事

因为背后有无数双温热的眼睛

我也不敢离开村庄太远

我害怕我的灵魂会因此无所依傍

（原载《诗探索》2016 年第 2 辑）

故乡的词牌

黄　浩

杀猪的，我称他为安公子

屠狗的，我叫他风流子

打卦算命的，我叫他卜算子

隔壁二姑，我称之为丑奴儿

她眼儿媚，点绛唇，醉花阴

院子里有一剪梅，村道口有章台柳

她在潍河里浣溪沙

在鹧鸪天里听布谷

她在西江月下写如梦令

她赠给邻家少年金错刀

南山我叫小重山

北岭我叫陌上花

春天我叫沁园春
听雨我叫浪淘沙

媳妇就叫她虞美人或者醋葫芦
给我洗衣服就是捣练子
至于穷酸的我，就叫祝英台
我骑的驴也得叫破阵子

面对密不透风的世俗
我不知还有多少阵要破

（原载《诗探索》2016年第2辑）

黄昏，总有一些声响让我忧伤

黄　浩

巨大无比的月亮就要压下来了
轰隆隆——我已经听见了它发出的巨响
黄昏，总有一些声响让我忧伤

扑啦啦，倦鸟归林
仿佛炸开了油锅
夕阳西下
有一簇彩云刷刷飘向东岭
羊群咩咩叫喊着从岭上冲下来
炊烟直愣愣地
仿佛一个人在向我们持续地摆手
山道上汽车焦急、笛声嘶哑
所有的院门响动

所有的灯火次第点亮

每天，总是在我疲乏之时
黄昏将这些声响神秘地打开
这时，在一座高楼上
我一个人默默地呆坐着
让这些响动慢慢将我浸透
我的身体里的声响
和故乡的黄昏处在一个频率上
我再次听到了那亘古的乡愁的忧伤

（原载《诗探索》2016 年第 2 辑）

交　谈

雪　松

面对落日无言的伤口
群山也束手无策
我独自来到山坡上
同一棵榆树促膝交谈
我们谈到各自的苦修和漂泊
谈到我们的前世
两粒种子在一场大风中的错位
谈到我们各自所需要的肥料
谈到山坡下
我们用一生也走不进的
小小村落
谈到无垠的月色——啊月色
多像我们的交谈

因无用而明亮

（原载《山东文学》2016 年 2 月下半月刊）

体力劳动者

雪　松

一名装卸工在庭院中央洗脸
这是他下班后
每天要做的事情
满满一盆清水
被他用两张大手撩起来
水花四溅
他的嘴里发出
畅快的噗噗声
盈满了整个庭院
他洗得坦坦荡荡
他是一名卖足了一天力气的
体力劳动者
他无愧于这一天，无愧于这盆清水

（原载《山东文学》2016 年 2 月下半月刊）

小声说话

雪　松

深知人生困苦的人
也是谦逊的人

他们在灯影以外，蹲着，小声交谈
语调有着秋日田野的安谧
语速委婉，仿佛在说：情况也许会如此——
在他们身后，正在灌浆的玉米
像刚刚睡熟的婴儿没有被惊扰
无限的夜色
尊重两点明灭的烟火
就像无限地容纳
两个尚没有接近真理的人
在小声说话

（原载《山东文学》2016年2月下半月刊）

豹

笨　水

我看一片云，是一头豹子
我看一头豹子，是一片云
它们都带电，会吼叫
雨水打在我的额头上，溅起水花
在人间，我与豹为邻
我也有雷霆之怒，也有豹子之心
豹子看云时，我也在看
它走进云雾深处，我也在其中
荒山多，豹子用石子漱口，我在坡上栽下兰草
月色美，我跟着它在月光下，画皮
豹纹鲜艳，好像云霓
杏花落时，豹纹里会开出桃花
只是残雪劝归，豹子，一退再退

退到山中，退至山顶

我退到低处，到退无可退

豹子站在雪山之巅，我低到尘土里

都喜欢，抬头

看星空浩瀚，成群的豹子在天上走动

（原载《扬子江诗刊》2016 年 5 月号）

悲 歌 行

笨　水

其声嘈嘈。还有一些话无人说，我去说；

在无人的地方说，等人听见。

灯火煌煌。还有一盏灯无人点，我去点；

在无人的地方点，等人路过。

众人役役。还有一种罪无人受，我去受；

在无人的地方受，等人赎我。

四野哀哀。还有一些人无人哭，我去哭；

在无人的地方哭，等人哭我。

世途攘攘。还有一条路无人走，我去走；

在无人的地方走，等人忘记。

（原载《诗刊》2016 年 7 月号下半月刊）

心有雄狮

商 震

在陕北以北的草地
经历了一场大风

风是狂躁的
起初是一小股贴着地皮
后来是四面八方

地面上的风
尾部都向上挑
试图勾引天上的风
垂直向下吹

草被吹乱
像雄狮披散的鬃毛
一朵瘦小的野菊花
弯下腰躲进草丛里
我也闭上了眼睛

风在制造强大的噪音
试图要把花草吓死
风常幻想自己有很大的能力
我站在一旁窃喜
这混杂的噪音
恰好可以藏住雄狮的吼声

（原载《山东文学》2016 年 5 月上半月刊）

立　春

商　震

难得看见月亮挂在头顶
散发着幽幽的光
过去的岁月里
我见过许多月亮
比如一双深情的眼睛
一张微笑着的脸
一排洁白的牙齿
一行温暖的诗
而在今晚
月亮就是月亮

月亮只看着我一个人
忽远忽近地看
细细地数着我的头发
它不告诉我
它是我的月亮
也不告诉我今天立春

它是不是月亮
今晚我也把它认作月亮
有没有春风
我也认定从今天开始
我就在春天里

（原载《山东文学》2016 年 5 月上半月刊）

在安福寺

商 震

我对自己说：我是佛
当我说我是佛时
心底就开始宽厚
面容慈祥
是菩萨手中的一个净瓶
凝万顷波涛世态烟云
眼波和骨头都开始清澈
任何一丝风
都可以在我的体内穿行
"照见五蕴皆空
度一切苦厄"

钟　鼓　磬　经文
还有寺庙旁清澈的溪水
都是佛
它们都在喧闹中消耗着自己
度别人

寺院旁的山不是佛
它们披着青草、绿树的伪装
深藏内心的秘密

站在安福寺
我已透明

天上正下雨
我洗自己
度自己

（原载《诗林》2016 年 1 月号）

鬼 吹 灯

商 震

夜空晴朗
银河是一座百花绽放的花园
月亮清洁透亮
但，月光无法解决大地的黑暗

人们开始在月光下点灯
给路
给眼睛
点灯，不能解决大地的黑暗
只是尽量地照亮自己

灯，都是会灭的
燃烧累了自己就灭
人需要黑暗时也要把灯吹灭
有些人自己吹灭了灯
却瞪着眼睛说：鬼吹的

鬼是会吹灯的

（原载《山东文学》2016 年 2 月上半月刊）

下雨的时候

琳 子

下雨的时候能躺在家里不出门
是一件多么久远的事
热水在家里
鞋子和雨伞都在家里
有点潮湿有点冷可我多么喜欢

很早以前也有过这样的白天
大雨下了一夜
院子里积满了雨水
雨水黑亮屋檐
也黑亮亮。不能去地里干活
父亲在门口搓麻绳
母亲在窗户下做花棉袄
我躺在床上闭着眼睛，装睡

有点潮湿还有点冷
可我竟然真的睡着了
我从来没有在这样的时辰，睡着过
还睡得这么踏实

（原载《读诗》2016 年第 1 期）

带走我

琳　子

带走我，用你的锄头
把我从北方那座土窑
连根挖出，像挖出一棵老玉米
我秋天的粮仓怎么会摊开在你的小院子
你的锄头带着湿泥巴
你的脊上背着好几块补丁
你的关节哆哆嗦嗦
带走我，用你的嘴唇和牙齿在我的额头
咬上印记
在我光滑的额头栽满你今生
漆黑的胡子，我是你那棵种了一辈子的老玉米
我横过八月的黄河
我拽着头顶上那束紫红的绒线，横过八月的群山
你弯腰，在篱笆下等我
你沉默的样子
真是有点苍老和贫穷

（原载《诗潮》2016 年 8 月号）

你所不知道的美

琳　子

你只是浅浅地
在落日中爱了她一下

落日太美好了

她羞涩，脱光衣服

露出安静的褐色堤岸

你只是在她的夕光中，滑翔了一下

你的翅膀和唇吻顿时成为折痕和轻烟，哦

你走了就不回来了

这是一个即将消失的六月

你是一个不会爱的人你走后会很快忘了

这一段湖泊

而湖泊会越来越混沌，湖泊里的黄昏

自你之后

你不知道有多美

（原载《中国诗歌》2016年3月号）

抱歉，你们错看了我……

晴朗李寒

抱歉，你们错看了我——

我从来不像你们看到的那样，

貌似平静的躯壳下，

我也有一颗浮躁、虚荣、焦虑之心。

我怕在暗夜中醒来，孤独地

面对自己，像饥饿的野兽，在荒原上

逡巡，奔走，嚎叫，

最终一无所获，疲惫地返回梦的巢穴。

多少年，我都用文字在虚空中搭建楼阁，

用一只竹篮从枯井里打水，
像蜻蜓，烈日炙烤下，在即将干涸的水洼中
点种下生命之卵。

其实，我时常濒临绝望的悬崖边，
想放弃，想以飞翔的姿势告别一切，
无底的深渊给我的诱惑，
远比喧哗而无聊的尘世要多得多。

而一次次拯救了我的，不是上帝，不是神佛，
是怯懦与懒散，是残留的一点点
对世界的希望，以及对亲人的
愧疚与依恋。

（原载《诗潮》2016年4月号）

这正是我想要的……

晴朗李寒

经过三十多年的努力，我
终于成了一个无用的人。
卖几本没人读的书，写几句
无人看的字。
——这正是我想要的！

我终于使自己长成了一棵
不开花，不结果，
尖刺遍身的废木。
我知道，本为稗草，哪敢与

优质小麦、高产水稻为伍？

亲爱的吃货们，请也别再惦记
我的肉了！
甘于圈养的畜类
足以满足你们饕餮的肚腹，
更何况你们还善于
以舌尖和利齿
诱杀同类。

我蹿出猪笼，跳出羊栏，
打野食，饮清流，
我宁愿将自己的
骨头和血肉
交给虎狼、狮豹，
也不愿白白地赠给同类。

让我
就腐烂在荒野山林，去供养一株
自开自灭的小花吧。
——这正是我想要的。

（原载《诗潮》2016 年 4 月号）

我常常以为时间是凝固不动的

黑 枣

我常常以为时间是凝固不动的
就像这十三年来，我在一个固定的位置

开店，喝茶，写诗

痴人说梦，庸人自扰

今天复制了昨天，明天粘贴着今天

踩着钟点起床，吃饭，午休和晚睡

跟一成不变的生活唇齿相依

围绕一个了无新意的话题

争吵不休，再和好如初

我屡屡忘了年纪，自己还是那么年轻

而白发是老早就有的

恍惚间，一切依旧是刚刚开头的模样

一支笔，才蘸满墨水

一天，尚且停留在清晨

茶香，犹未氤氲……

我刚想张口说话，冬天不知不觉已经来了

当我觉察到一丝寒冷

喷嚏已早于颂歌跌落草丛

当我准备挽留树叶上星光的足迹

心跳已然没有力气攀越黑夜的门槛

我常常以为时间是凝固不动的

谁知它已经跳过我，去往一个不可知的异乡

（原载《山东文学》2016年1月上半月刊）

树叶成长的速度

黑　枣

好像没几天工夫，从光秃秃的枝条

重新长出的嫩芽"呼啦啦"全变成了叶片

这好了伤疤忘了疼的树叶

它们成长的速度让我惊讶，惭愧

整个春天我都干什么去了？

像一只无头苍蝇似的瞎忙

被一簇簇虚无缥缈的光引向黑夜的陷阱

抑郁，多疑，懦弱而又偏执

一早，我沿着这条路的右边出门去

夜了，我再从这条路的左边回家

我常常忽略了两旁默默站立的树木

它们一定比我起得早，又睡得晚

它们接纳了每一粒侮辱的尘沙

也承受了每颗蛮不讲理的暴雨

它们被岁月的寒流裸露在这个世界边缘

春风一吹，就从沉默中伸出无数激动的手掌

这好了伤疤忘了疼的树叶

不记仇，不计较，也不得意忘形

从书页间的一个小逗号

长成一只只会动的小兔子的

耳朵，或者小麻雀的翅膀

我一闭眼，它们就成群结队地涌向天边

我不睁眼，它们就带着我飞

向尘埃里飞，向辽阔处飞，向未知之地飞……

（原载《山东文学》2016 年 1 月上半月刊）

是凉薯，也是番葛

敬丹樱

喜欢叫它地瓜，像外婆唤我小名

喜欢蹲在菜地，等第一茎嫩芽顶破泥土

喜欢把满园碎花
看成蠢蠢欲动的蝴蝶
喜欢对着锄头祈祷：偏一点，再偏一点
喜欢日子劈开两半，伤口都是甜的。喜欢心满意足捧着肚皮
听童年传来白生生的脆响
喜欢外婆菜园一样年轻
唤我小名，指尖轻轻戳我的眉心

（原载《诗探索》2016 年第 4 辑）

醪　　糟

敬丹樱

桂花婶从坛子里舀出醪糟摆上来
桌上你一调羹，我一调羹，大斗碗很快见了底

弟弟缠着桂花婶又舀一碗，撒上白糖
躲在灶房吃独食
捧着圆滚滚的肚皮，回家的路，被弟弟走得歪歪扭扭

姐姐，晃得厉害呢
姐姐，快来帮我，把路按住

（原载《诗探索》2016 年第 4 辑）

门前的老杏树

敬丹樱

顺着风，几朵杏花躲进了门槛上

外婆的白发。杏子青了，外婆慢悠悠地疏着果
杏子黄了，外婆举起拐杖追雀鸟

班车喇叭响一次
她就朝公路上望一次

杏树旁的合影，人数总也凑不齐。这一年
缺席的是外婆

（原载《诗探索》2016 年第 4 辑）

清　明

敬丹樱

我唱"马兰开花二十一"
你用竹枝，替我刮去浅口布鞋上的新泥

篮子里装满清明菜，白叶子毛茸茸
小黄朵软乎乎。洗净。切碎。揉面。做粑。

小雨初歇。清明粑又出锅了
心清目明。我看见你坟上的草更深了

（原载《诗探索》2016 年第 4 期）

君山远望

蓝　野

在大湖的清波中

君山还是那个安静的少年
怀抱着心事
远眺着武陵

落第还乡的路上
那个踽踽独行的书生
遇见了牧羊女
成就了一个传奇

洞庭、钱塘、泾河
这些水中，自有热闹的生活
也有飞升而出的
宝石般的幻梦

"春至不知湖水深
日暮忘却巴陵道"
湖水。长天。爱情
斑竹。新茶。古井

岳阳楼下，远对青螺
我猜测着前往君山的路
在湖水中，是深是浅

（原载《十月》2016 年第 2 期）

故　乡

蓝　野

小时候，从县城、从临沂回家

觉得到了村前南山就到家了
过了几年，从济南、从青岛回家
觉得到了更远些的
莒县平原上的沭河就到家了

前几年，从北京回家
刚过汶河，觉得到了再远些的
齐与莒的交界——穆棱关就到家了

而今，刚刚驶离河北
在黄河大桥的减速带上
我内心咯噔一下，到家啦！

世界越来越小了
我越来越老了

（原载《马兰花》2016年秋之卷）

乡村电影

蓝　野

先是男主角在北京开着
赚钱的公司，有了二奶
死驴撞南墙一样，回乡和女主角离婚。
女主角在村里坚强地养猪
种种困难之后，成了有钱的委员和代表。
话说，故事和传统戏一样没什么新意
二奶被车撞死了
男主角公司破产，流落街头

一个吕剧数字电影
剧情简单，三观腐朽
却对上了乡村的胃口
在村子里被一遍一遍地说起——
富贵就该要饭！
杏花就该委员！
那叫丽娜的二奶就该出事儿！

清晨，我在沉睡中醒来
听到鸟语花香的院子里
妈妈和她儿媳又将昨晚的电影讲了一遍

这个村子，这个电影
对人性的丰富壮阔不予理睬
将时代的波澜起伏看成因果故事
它们和妈妈的讲述一样
只对城市有着说不清的满满的恶意

（原载《马兰花》2016 年秋之卷）

勃兰登堡协奏曲及其他

蓝　野

很多次了
在城市，乡村
熟悉的地方，陌生的地方
夜晚安寂之时，或者午后喧闹之时
音乐会突然响起

从临街小店的音箱中，自高树上的喇叭里
旋律倾泻一地

我就在那乐音笼罩下
或者激荡，目光放远，内心轰响如河流
或者安静，从内到外，像一棵站立的树木

天地之间
我旋即进入剧情
在最合适的配乐声里，出演了那一刻
没人替代的主角

（原载《马兰花》2016 年秋之卷）

在 敦 煌

雷平阳

给我一座洞窟做书房
我还会在里面堆满经书，在黑漆漆
的空气中，画壁画。让我
昼夜不息地以血抄经，抄出的经书
肯定会有很多的错字和别字
还会有肃清不了的脂粉味
如果你在沙漠中听见我诵经的声音
那一定是秋风吹开了沙粒
一个风干了的云南和尚
他的嘴巴还没有关闭

（原载《读诗》2016 年第 1 期）

巴丹吉林沙漠日记

雷平阳

在巴丹吉林沙漠的心腹
一片池塘、一座寺庙和几间民房
但没有一个人影
坐在一户人家门前的椅子上
我看见万丈黄沙向我奔腾而来
黄沙的上面是一轮白日
我震颤于压迫与绝望的日常性
觉得自己已经被埋葬于斯
脚边上，一只悠闲地觅食的鸡
红颜色，它冠齿上的红颜色
让我瞬间陷入血晕
"咯咯咯……"它的一声声叫唤
传到耳中，我听起来都像雷霆

（原载《读诗》2016 年第 1 期）

在蔡甸，谒钟子期墓

雷平阳

我想我会老死在
从一座苍茫的城市到另一座
更苍茫的城市的路上
或者老死在
某个绝望的城市公寓里

无处隐居，远离了高山和流水
肋骨间的琴弦一再地弹断
血管中的鸣响没有人聆听
我与陌生人谈论过孤立、自弃
与整个世界为敌
但这些都不是我真实的想法
我也希望自己的坟墓
高出江汉平原，甚至高出
白云朵朵的天空
前提是我也得有个俞伯牙
有一个与世界与时间讲和的理由
这小小的愿望却一次次落空
仿佛我在向横空出世的帝国索取
破败的江山，仿佛
我在皇家寺庙的门口横刀叫嚣
一定要带走某个高僧大德的人头
我被高估了，被活埋在人世间了
在多次改道的汉水边上
只能听任这冬天的风
这白茫茫的芦苇
把我的灵魂送回那流水之上的楚国

（原载《读诗》2016 年第 1 期）

和洗尘在戈壁

雷平阳

这会儿，谁都可以
与天比高，但我们枯坐在

低伏于阔野却又锋芒毕露的骆驼刺中间，承担那四周的灰色广场
带来的凌厉的荒凉
天空与戈壁拥有同一种
寂静，以及反寂静的本能
在这种寂静中，我们目光空洞
沉默得像壁画里的两头蠢驴
奇迹来自空白：一只蜥蜴
如神来之笔，它抬着
扁平的头，摇着与体量同等的尾巴
一身的保护色，从沙砾中跑出
像一个从地下突然冒出来的传教士
的确，它带来了我们获救的消息
我们都盯着它看，以为它的舌头下
一定藏着一封苍老的信
但在贴近我们时，它突然一个急停
隔着几米，用干燥的目光
愣愣地与我们对视
当它转身跑开的时候
曾经一再地回头，从两个
黑煞神的体内，也许它
听见了鬼魅一样的流水声

（原载《读诗》2016 年第 1 期）

与母亲同行山中

路　也

依靠心脏起搏器的动力
母亲跟随我进了山

胸膛里似乎有咔嗒咔嗒的声响
六十九岁，她靠一台进口机器获得了强大的内心

雨后的山岚，随地势赋形
谷地怀抱满满的槐花，使空气香甜
坡路上，认出忍冬，只需望一眼，感冒即愈
穿越沟涧时，遇到一只松鼠
一口气跳跃三棵柏树

母亲找到山韭和苦荬菜，像找到童年
她谈起十年前那场车祸
和我那死去的父亲
我佯装轻松，不让她看出我每天还在与父亲交谈

看，那亿万年的山崖，背着十字架
面对它们，谁都太年轻
父亲去矣罢了，跟亿万年山崖相比
六十岁跟一百岁没什么区别
我用与天等高的理论从哀伤里杀出一条血路，让母亲释然

山腰的酒旗飘在风的括号里，我提议到那里吃晚饭
松菇炖土鸡
那是我的最爱

我们正从时间里一点一点地后退和隐去
当我们从时间里完全消失之后
这一座座青山还在
星星依然在上空运转
就像我们从没来过，就像我们从没来过

（原载《山东文学》2016 年 3 月上半月刊）

将去康科德

路　也

让一条大路带我去康科德
去见爱默生、霍桑、梭罗、奥尔科特
在他们的墓前各放一束月桂或石楠
人在书里永远活着

让阳光照耀着我去康科德
坐在大枫树下喝一杯冰咖啡
看完白房子再看红房子
我被文学腌制过，冒着诗歌的热气

让风吹拂着我去康科德
在瓦尔登湖木屋前呆坐整个晌午
有鉴于山林的伦理和碧水白沙的美德
没有哪儿比此处更接近天堂和上帝

我头顶一簇白云去康科德
去看望纸页上的友人印刷体的亲人
把林中空地上的一绺魂魄带走
将来自中国昏暗狭窄书房的叹息和问候留下

让一条大路带我去康科德
读过的书一页页连缀起来铺成这样的大路
这是我在世上最想独自一人去走的路
小镇天空中四颗星星做我的GPS

（原载《诗刊》2016 年 10 月号上半月刊）

瘦 西 湖

路 也

瘦西湖瘦在哪里？腰身和精神
而雨里的野鸭子是胖的，模拟画舫雍容而行
水草也过于丰美

把每座桥走遍，也没弄清哪座是二十四桥
只好重回杜牧的诗中去寻
十年前我恋爱时去过的茶社，门庭已改——改得好
即使在我的诗里，它也已灰飞烟灭

古代工匠只镌刻了水榭廊柱上
某一朵梅花中的一小片花瓣，天就黑了
短短的一生在昏昏欲睡里显得漫长
其实镌刻不了几朵梅花
人生就将尽了

水边的美人靠，倚着我的中年
我因长相平淡而从无迟暮之感
巧克力冰激凌是我的最爱
不哀叹光阴，因在哀叹之时，光阴又短了一寸

（原载《扬子江诗刊》2016 年 3 月号）

致少年同窗

路 也

帝王之冢压着一座故都，既春秋又战国
两千五百年后，胶济线上的一个小站
淄河水里有韶乐之腔
坐在教室里，疑心脚下埋着青铜剑

墙外的麦苗在返青，墙内的青衿在发育
身体成为身体的叛徒，烦恼过于昂贵
女孩儿清脆，男孩儿沙哑
看在老天的分上，谁也不跟谁说话

黑板上种土豆，作文本里栽花，试卷中埋雷
影响人生观的公式定理将是
代数的合并同类项，几何的两点之间线段最短
前者用来交友，后者用于恋爱

屋前圆柏，屋后青杨，屋顶上澎湖湾绕梁
水塔扛着落日，瓦檐刺破晨曦
翻过东北角茅厕的砖墙，望见河滩和自由
一声长鸣，蒸汽机火车带来地平线、白日梦和远方

豆荚里有一个理想国，细草叶上有太阳
决心书装上了电池，小剂量的沮丧尤能唤醒欢乐
未来有始无终，将柏油路一直修建到脚后跟
一个盛大夏天把轻别离的少年送往何方

三十年过去，河东没有变成河西
如若聚首，从豆蔻模样推导不惑面容
谈谈春花秋月吧，何必在意功名的偏旁与部首
车票单程，命运没有带伞，惟愿天佑平安

（原载《读诗》2016 年第 4 期）

一个人走进我

顾国强

一个人走进我
真实地成为一片风景
进而我为这个人活着
我浑身的毛孔圆睁
青春的活力向外奔涌

对一些事情产生了兴趣
比如把星空的繁杂看成一种秩序
比如看着一只孤独的蚂蚁
一直找到家门
耐心地侍弄起花草
甚至傻傻地守候着
将要新生的叶子

我变得陌生
开始修剪荒芜的胡须和头发
刻意地刷洗着每一颗牙齿和衣领
常年不洗的双脚
洗得走起路来都觉发飘

我不再用酒精烘烤情绪
写东西或思考问题的时候
也尽量少抽烟
由每天两包减至一包
慢慢戒掉
多吃蔬菜　每天喝两杯牛奶
改掉不吃早点的坏习惯
把黑白颠倒的生活秩序
慢慢调整过来

你说以后要我为你活着的时候
我第一次相信自己
具有站立的属性

（原载《诗探索》2016 年第 1 辑）

撕　　扯

顾国强

那两个人在谈交易
一块玉
被价格抬举着　贬低着

我不敢多看一眼
她的美使我心悸
不该凭慷慨据为己有
她已经超越了商品的概念
出再高的价　也是亵渎
我这样想着　无言地走着

就这样眼睁睁看着
温润的性情
剔透的灵魂
生动的神韵
归属了别人

这个我不愿提起
也不能放下的感受
常把自己的心
默默地扯成碎片

（原载《诗探索》2016 年第 1 辑）

轻轻抹去桌上的灰尘

顾国强

谁没有过不快乐的时候
因人　因事　与己相关或无关
你只要淡淡一笑
争吵和格斗就羞愧地扭过脸去
谁都有一点点狭隘和自私
比如我　自己总接受不了
别人在暗处　说长道短
既然相识　没事儿常坐坐
喝茶　聊天　最好友善地提醒一下对方
不自觉的小毛病
说错了也别介意
只当一阵风轻轻刮过

委屈的时候就在大街上随便走走
孩子们的笑声
像春天的叶子一样清亮
烦恼了就到诗歌里转转
随便扯一片阳光
舒展地铺在心上

世界上从来没有两块相同的玉
相同的是　都难免一点瑕疵
原谅别人当成一件事去做
就像每天要轻轻抹去桌上的灰尘

（原载《诗探索》2016年第1辑）

现在我只爱一些简单的事物

潘洗尘

从前　我的爱复杂　动荡
现在我只爱一些简单的事物
一只其貌不扬的小狗
或一朵深夜里突然绽放的小花儿
就已能带给我足够的惊喜
从前的我常常因爱而愤怒
现在　我的肝火已被雨水带入潮湿的土地

至于足球和诗歌　今后依然会是我的挚爱
但已没有什么　可以再大过我的生命
为了这份宁静　我已准备了半个世纪

就这样爱着　度过余生

（原载《诗潮》2016 年 1 月号）

悲伤笼罩大地

潘洗尘

没有人　可以从这个斜光残照的黄昏里
走出来了

仅有的一滴泪水
已被太阳的余温蒸发
悲伤　正笼罩着整个大地

越来越重的黑　挤压着无尽的人流
一些无法辨别的声音传来
我只有悲伤地注视
脆弱的生命　和比生命
更脆弱的心

在这谎言如墨的世界　有谁
还肯为一时或一世的清白招魂
当悲伤笼罩着大地
又有谁　能在这面无血色的记忆里
绝处逢生

（原载《诗潮》2016 年 1 月号）

熄　灭

潘洗尘

一盏灯　从我的身后
照耀经年
我总是抱怨她的光亮
经常让我　无所适从
无处遁形

现在　她在我的身后
熄灭了　缓缓地熄灭
突然的黑　一下子将我抓紧
我惊惧地张大嘴巴
却发不出声

（原载《诗刊》2016年4月号上半月刊）

预防性谎言

潘洗尘

最近与母亲聊天
总是有意无意说到
现在的医学发展得真快
我的某个同学
连癌症都治好了

有时我也会和母亲说

人总是会死的
外公不到 50 岁就去世了
就算他能活到 80 岁
现在也早已不在了

甚至有一次
我还和母亲说
凡是能走在儿女前面的老人
都是有福的
世上还有很多不幸的父母
是白发人送黑发人

我是越来越担心
我们已骗不了母亲
她就要悟到
自己的病情了

（原载《读诗》2016 年第 4 期）